I0643562

8° Ye
1010

·L'ANNÉE TERRIBLE

ŒUVRES

DE

VICTOR HUGO

Poésie.

ODES ET BALLADES.
LES ORIENTALES.
LES FEUILLES D'AUTOMNE.
LES CHANTS DU CRÉPUSCULE.
LES VOIX INTÉRIEURES.
LES RAYONS ET LES OMBRES.
LES CHATIMENTS.
LES CONTEMPLATIONS.
LA LÉGENDE DES SIÈCLES.
LES CHANSONS DES RUES ET DES
BOIS.
L'ANNÉE TERRIBLE.

Roman.

HAN D'ISLANDE.
BUG-JARGAL.
LE DERNIER JOUR D'UN CONDAMNÉ.
CLAUDE GUEUX.
NOTRE-DAME DE PARIS.
LES MISÉRABLES.
LES TRAVAILLEURS DE LA MER.
L'HOMME QUI RIT.

Drame.

CROMWELL.
HERNANI.
MARION DELORME.
LE ROI S'AMUSE.
LUCRÈCE BORGIA.
MARIE TUDOR.
ANGELO, TYRAN DE PADOUE.
LA ESMERALDA.
RUY BLAS.
LES BURGRAVES.

Complément.

LITTÉRATURE ET PHILOSOPHIE MÊ-
LÉES.
LE RHIN.
NAPOLÉON LE PETIT.
WILLIAM SHAKESPEARE.
ŒUVRES ORATOIRES :
(*Institut, Chambre des Pairs, As-
semblée Constituante, Assemblée
Législative, Discours de l'Exil.*)
PARIS.
ACTES ET PAROLES.

En vente, chez Michel Lévy frères

RUY BLAS

ÉDITION NOUVELLE CONTENANT L'ALLOCUTION

A LA FRANCE DE 1872

Un volume in-18 : 2 fr. ; grand in-8, papier de Hollande, 6 fr.

PARIS. — J. CLAYE, IMPRIMEUR, 7, RUE SAINT-BENOIT. — [835]

VICTOR HUGO

L'ANNÉE

TERRIBLE

PARIS

MICHEL LÉVY FRÈRES, ÉDITEURS

RUE AUBER, 3, PLACE DE L'OPÉRA

LIBRAIRIE NOUVELLE

BOULEVARD DES ITALIENS, 15, AU COIN DE LA RUE DE GRAMMONT

1872

L'état de siége fait partie de l'Année Terrible, et il règne encore. C'est ce qui fait qu'on rencontrera dans ce volume quelques lignes de points. Cela marquera pour l'avenir la date de la publication.

Par le même motif, plusieurs des pièces qui composent ce livre, appartenant notamment aux sections *avril, mai, juin* et *juillet,* ont dû être ajournées. Elles paraîtront plus tard.

Le moment où nous sommes passera. Nous avons la république, nous aurons la liberté.

Paris, avril 1872.

1

A

PARIS

CAPITALE DES PEUPLES

. V. H.

PROLOGUE

LES 7,500,000 OUI

(Publié en mai 1870.)

Quant à flatter la foule, ô mon esprit, non pas!

Ah! le peuple est en haut, mais la foule est en bas.
La foule, c'est l'ébauche à côté du décombre;
C'est le chiffre, ce grain de poussière du nombre;
C'est le vague profil des ombres dans la nuit;
La foule passe, crie, appelle, pleure, fuit;
Versons sur ses douleurs la pitié fraternelle.
Mais quand elle se lève, ayant la force en elle,
On doit à la grandeur de la foule, au péril,
Au saint triomphe, au droit, un langage viril;
Puisqu'elle est la maîtresse, il sied qu'on lui rappelle
Les lois d'en haut que l'âme au fond des cieux épelle,

Les principes sacrés, absolus, rayonnants;
On ne baise ses pieds que nus, froids et saignants.
Ce n'est point pour ramper qu'on rêve aux solitudes.
La foule et le songeur ont des rencontres rudes;
C'était avec un front où la colère bout
Qu'Ézéchiel criait aux ossements : Debout!
Moïse était sévère en rapportant les tables;
Dante grondait. L'esprit des penseurs redoutables,
Grave, orageux, pareil au mystérieux vent
Soufflant du ciel profond dans le désert mouvant
Où Thèbes s'engloutit comme un vaisseau qui sombre,
Ce fauve esprit, chargé des balaiements de l'ombre,
A, certes, autre chose à faire que d'aller
Caresser, dans la nuit trop lente à s'étoiler,
Ce grand monstre de pierre accroupi qui médite,
Ayant en lui l'énigme adorable ou maudite;
L'ouragan n'est pas tendre aux colosses émus;
Ce n'est pas d'encensoirs que le sphinx est camus.
La vérité, voilà le grand encens austère
Qu'on doit à cette masse où palpite un mystère,
Et qui porte en son sein qu'un ventre appesantit
Le droit juste mêlé de l'injuste appétit.

O genre humain! lumière et nuit! chaos des âmes.

La multitude peut jeter d'augustes flammes;
Mais qu'un vent souffle, on voit descendre tout à coup
Du haut de l'honneur vierge au plus bas de l'égout

La foule, cette grande et fatale orpheline;
Et cette Jeanne d'Arc se change en Messaline.
Ah! quand Gracchus se dresse aux rostres foudroyants,
Quand Cynégire mord les navires fuyants,
Quand avec les Trois-cents, hommes faits ou pupilles,
Léonidas s'en va tomber aux Thermopyles,
Quand Botzaris surgit, quand Schwitz confédéré
Brise l'Autriche avec son dur bâton ferré,
Quand l'altier Winkelried, ouvrant ses bras épiques,
Meurt dans l'embrassement formidable des piques,
Quand Washington combat, quand Bolivar paraît,
Quand Pélage rugit au fond de sa forêt,
Quand Manin, réveillant les tombes, galvanise
Ce vieux dormeur d'airain, le lion de Venise,
Quand le grand paysan chasse à coups de sabot
Lautrec de Lombardie et de France Talbot,
Quand Garibaldi, rude au vil prêtre hypocrite,
Montre un héros d'Homère aux monts de Théocrite
Et fait subitement flamboyer à côté
De l'Etna ton cratère, ô sainte Liberté!
Quand la Convention impassible tient tête
A trente rois, mêlés dans la même tempête,
Quand, liguée et terrible et rapportant la nuit,
Toute l'Europe accourt, gronde et s'évanouit,
Comme aux pieds de la digue une vague écumeuse,
Devant les grenadiers pensifs de Sambre-et-Meuse,
C'est le peuple; salut, ô peuple souverain!
Mais quand le lazzarone ou le transteverin

De quelque Sixte-Quint baise à genoux la crosse,
Quand la cohue inepte, insensée et féroce,
Étouffe sous ses flots, d'un vent sauvage émus,
L'honneur dans Coligny, la raison dans Ramus,
Quand un poing monstrueux, de l'ombre où l'horreur flotte,
Sort, tenant aux cheveux la tête de Charlotte
Pâle du coup de hache et rouge du soufflet,
C'est la foule; et ceci me heurte et me déplaît;
C'est l'élément aveugle et confus; c'est le nombre;
C'est la sombre faiblesse et c'est la force sombre.
Et que de cette tourbe il nous vienne demain
L'ordre de recevoir un maître de sa main,
De souffler sur notre âme et d'entrer dans la honte,
Est-ce que vous croyez que nous en tiendrons compte?
Certes, nous vénérons Sparte, Athènes, Paris,
Et tous les grands forums d'où partent les grands cris;
Mais nous plaçons plus haut la conscience auguste.
Un monde, s'il a tort, ne pèse pas un juste;
Tout un océan fou bat en vain un grand cœur.
O multitude, obscure et facile au vainqueur,
Dans l'instinct bestial trop souvent tu te vautres,
Et nous te résistons! Nous ne voulons, nous autres,
Ayant Danton pour père et Hampden pour aïeul,
Pas plus du tyran Tous que du desposte Un Seul.
Voici le peuple : il meurt, combattant magnifique,
Pour le progrès; voici la foule : elle en trafique;
Elle mange son droit d'aînesse en ce plat vil
Que Rome essuie et lave avec Ainsi-soit-il!

Voici le peuple : il prend la Bastille, il déplace
Toute l'ombre en marchant ; voici la populace :
Elle attend au passage Aristide, Jésus,
Zénon, Bruno, Colomb, Jeanne, et crache dessus.
Voici le peuple avec son épouse, l'idée ;
Voici la populace avec son accordée,
La guillotine. Eh bien, je choisis l'idéal.
Voici le peuple : il change avril en Floréal,
Il se fait République, il règne et délibère.
Voici la populace : elle accepte Tibère.
Je veux la République et je chasse César.

L'attelage ne peut amnistier le char.

Le droit est au-dessus de Tous ; nul vent contraire
Ne le renverse ; et Tous ne peuvent rien distraire
Ni rien aliéner de l'avenir commun.
Le peuple souverain de lui-même, et chacun
Son propre roi ; c'est là le droit. Rien ne l'entame.
Quoi ! l'homme que voilà qui passe, aurait mon âme !
Honte ! il pourrait demain, par un vote hébété,
Prendre, prostituer, vendre ma liberté !
Jamais. La foule un jour peut couvrir le principe ;
Mais le flot redescend, l'écume se dissipe,
La vague en s'en allant laisse le droit à nu.
Qui donc s'est figuré que le premier venu
Avait droit sur mon droit ! qu'il fallait que je prisse
Sa bassesse pour joug, pour règle son caprice !

Que j'entrasse au cachot s'il entre au cabanon !
Que je fusse forcé de me faire chaînon
Parce qu'il plaît à tous de se changer en chaîne !
Que le pli du roseau devînt la loi du chêne !

Ah ! le premier venu, bourgeois ou paysan,
L'un égoïste et l'autre aveugle, parlons-en !
Les révolutions, durables, quoi qu'il fasse,
Ont pour cet inconnu qui jette à leur surface
Tantôt de l'infamie et tantôt de l'honneur,
Le dédain qu'a le mur pour le badigeonneur.
Voyez-le, ce passant de Carthage ou d'Athènes
Ou de Rome, pareil à l'eau qui des fontaines
Tombe aux pavés, s'en va dans le ruisseau fatal,
Et devient boue après avoir été cristal.
Cet homme étonne, après tant de jours beaux et rudes,
Par son indifférence au fond des turpitudes
Ceux mêmes qu'ont d'abord éblouis ses vertus ;
Il est Falstaff après avoir été Brutus ;
Il entre dans l'orgie en sortant de la gloire ;
Allez lui demander s'il sait sa propre histoire,
Ce qu'était Washington ou ce qu'a fait Barra,
Son cœur mort ne bat plus aux noms qu'il adora.
Naguère il restaurait les vieux cultes, les bustes
De ses héros tombés, de ses aïeux robustes,
Phocion expiré, Lycurgue enseveli,
Riego mort, et voyez maintenant quel oubli !
Il fut pur, et s'en lave ; il fut saint, et l'ignore ;

Il ne s'aperçoit pas même qu'il déshonore
Par l'œuvre d'aujourd'hui son ouvrage d'hier;
Il devient lâche et vil, lui qu'on a vu si fier;
Et, sans que rien en lui se révolte et proteste,
Barbouille une taverne immonde avec le reste
De la chaux dont il vient de blanchir un tombeau.
Son piédestal souillé se change en escabeau;
L'honneur lui semble lourd, rouillé, gothique; il raille
Cette armure sévère et dit : Vieille ferraille!
Jadis des fiers combats il a joué le jeu;
Duperie. Il fut grand, et s'en méprise un peu.
Il est sa propre insulte et sa propre ironie.
Il est si bien esclave à présent qu'il renie,
Indigné, son passé, perdu dans la vapeur;
Et quant à sa bravoure ancienne, il en a peur.

Mais quoi, reproche-t-on à la mer qui s'écroule
L'onde, et ses millions de têtes à la foule?
Que sert de chicaner ses erreurs, son chemin,
Ses retours en arrière, à ce nuage humain,
A ce grand tourbillon des vivants, incapable,
Hélas! d'être innocent comme d'être coupable?
A quoi bon? quoique vague, obscur, sans point d'appui,
Il est utile; et tout en flottant devant lui,
Il a pour fonction, à Paris comme à Londre,
De faire le progrès, et d'autres d'en répondre;
La République anglaise expire, se dissout,
Tombe, et laisse Milton derrière elle debout;

La foule a disparu, mais le penseur demeure ;
C'est assez pour que tout germe et que rien ne meure.
Dans les chutes du droit rien n'est désespéré.
Qu'importe le méchant heureux, fier, vénéré ?
Tu fais des lâchetés, ciel profond ; tu succombes,
Rome ; la liberté va vivre aux catacombes ;
Les dieux sont au vainqueur, Caton reste aux vaincus.
Kosciusko surgit des os de Galgacus.
On interrompt Jean Huss ; soit ; Luther continue.
La lumière est toujours par quelque bras tenue ;
On mourra, s'il le faut, pour prouver qu'on a foi ;
Et volontairement, simplement, sans effroi,
Des justes sortiront de la foule asservie,
Iront droit au sépulcre et quitteront la vie,
Ayant plus de dégoût des hommes que des vers.
Oh ! ces grands Régulus, de tant d'oubli couverts,
Arria, Porcia, ces héros qui sont femmes,
Tous ces courages purs, toutes ces fermes âmes,
Curtius, Adam Lux, Thraséas calme et fort,
Ce puissant Condorcet, ce stoïque Chamfort,
Comme ils ont chastement quitté la terre indigne !
Ainsi fuit la colombe, ainsi plane le cygne,
Ainsi l'aigle s'en va du marais des serpents.
Léguant l'exemple à tous, aux méchants, aux rampants,
A l'égoïsme, au crime, aux lâches cœurs pleins d'ombre,
Ils se sont endormis dans le grand sommeil sombre ;
Ils ont fermé les yeux ne voulant plus rien voir ;
Ces martyrs généreux ont sacré le devoir,

Puis se sont étendus sur la funèbre couche ;
Leur mort à la vertu donne un baiser farouche.

O caresse sublime et sainte du tombeau
Au grand, au pur, au bon, à l'idéal, au beau !
En présence de ceux qui disent : Rien n'est juste !
Devant tout ce qui trouble et nuit, devant Locuste,
Devant Pallas, devant Carrier, devant Sanchez,
Devant les appétits sur le néant penchés,
Les sophistes niant, les cœurs faux, les fronts vides,
Quelle affirmation que ces grands suicides !
Ah ! quand tout paraît mort dans le monde vivant,
Quand on ne sait s'il faut avancer plus avant,
Quand pas un cri du fond des masses ne s'élance,
Quand l'univers n'est plus qu'un doute et qu'un silence,
Celui qui dans l'enceinte où sont les noirs fossés
Ira chercher quelqu'un de ces purs trépassés
Et qui se collera l'oreille contre terre,
Et qui demandera : Faut-il croire, ombre austère ?
Faut-il marcher, héros sous la cendre enfoui ?
Entendra ce tombeau dire à voix haute : Oui.

———————

Oh ! qu'est-ce donc qui tombe autour de nous dans l'ombre ?
Que de flocons de neige ! En savez-vous le nombre ?
Comptez les millions et puis les millions !
Nuit noire ! on voit rentrer au gîte les lions ;

On dirait que la vie éternelle recule ;
La neige fait, niveau hideux du crépuscule,
On ne sait quel sinistre abaissement des monts ;
Nous nous sentons mourir si nous nous endormons
Cela couvre les champs, cela couvre les villes ;
Cela blanchit l'égout masquant ses bouches viles ;
La lugubre avalanche emplit le ciel terni ;
Sombre épaisseur de glace ! Est-ce que c'est fini?
On ne distingue plus son chemin ; tout est piége.
Soit.

Que restera-t-il de toute cette neige,
Voile froid de la terre au suaire pareil,
Demain, une heure après le lever du soleil

L'ANNÉE

TERRIBLE

J'entreprends de conter l'année épouvantable,
Et voilà que j'hésite, accoudé sur ma table.
Faut-il aller plus loin? dois-je continuer?
France! ô deuil! voir un astre aux cieux diminuer!
Je sens l'ascension lugubre de la honte.
Morne angoisse! un fléau descend, un autre monte.
N'importe. Poursuivons. L'histoire en a besoin.
Ce siècle est à la barre et je suis son témoin.

AOUT

1870

SEDAN

ı

Toulon, c'est peu; Sedan, c'est mieux.

                        L'homme tragique,
Saisi par le destin qui n'est que la logique,
Captif de son forfait, livré les yeux bandés
Aux noirs événements qui le jouaient aux dés,
Vint s'échouer, rêveur, dans l'opprobre insondable.
Le grand regard d'en haut lointain et formidable
Qui ne quitte jamais le crime, était sur lui;
Dieu poussa ce tyran, larve et spectre aujourd'hui,

Dans on ne sait quelle ombre où l'histoire frissonne,
Et qu'il n'avait encore ouverte pour personne ;
Là, comme au fond d'un puits sinistre, il le perdit.
Le juge dépassa ce qu'on avait prédit.

Il advint que cet homme un jour songea : — Je règne.
Oui. Mais on me méprise, il faut que l'on me craigne.
J'entends être à mon tour maître du monde, moi.
Terre, je vaux mon oncle, et j'ai droit à l'effroi.
Je n'ai pas d'Austerlitz, soit, mais j'ai mon Brumaire.
Il a Machiavel tout en ayant Homère,
Et les tient attentifs tous deux à ce qu'il fait ;
Machiavel à moi me suffit. Galifet
M'appartient, j'eus Morny, j'ai Rouher et Devienne.
Je n'ai pas encor pris Madrid, Lisbonne, Vienne,
Naples, Dantzick, Munich, Dresde, je les prendrai.
J'humilierai sur mer la croix de Saint-André,
Et j'aurai cette vieille Albion pour sujette.
Un voleur qui n'est pas le roi des rois, végète.
Je serai grand. J'aurai pour valets, moi forban,
Mastaï sous sa mitre, Abdul sous son turban,
Le czar sous sa peau d'ours et son bonnet de martre ;
Puisque j'ai foudroyé le boulevard Montmartre,
Je puis vaincre la Prusse ; il est aussi malin
D'assiéger Tortoni que d'assiéger Berlin ;
Quand on a pris la Banque on peut prendre Mayence.
Pétersbourg et Stamboul sont deux chiens de faïence ;

Pie et Galantuomo sont à couteaux tirés ;
Comme deux boucs livrant bataille dans les prés,
L'Angleterre et l'Irlande à grand bruit se querellent ;
D'Espagne sur Cuba les coups de fusil grêlent ;
Joseph, pseudo-César, Wilhelm, piètre Attila,
S'empoignent aux cheveux ; je mettrai le holà ;
Et moi, l'homme éculé d'autrefois, l'ancien pitre,
Je serai, par-dessus tous les sceptres, l'arbitre ;
Et j'aurai cette gloire, à peu près sans débats,
D'être le Tout-Puissant et le Très-Haut d'en bas.
De faux Napoléon passer vrai Charlemagne,
C'est beau. Que faut-il donc pour cela ? prier Magne
D'avancer quelque argent à Lebœuf, et choisir,
Comme Haroun escorté le soir par son vizir,
L'heure obscure où l'on dort, où la rue est déserte,
Et brusquement tenter l'aventure ; on peut, certe,
Passer le Rhin ayant passé le Rubicon.
Piétri me jettera des fleurs de son balcon.
Magnan est mort, Frossard le vaut ; Saint-Arnaud manque,
J'ai Bazaine. Bismarck me semble un saltimbanque ;
Je crois être aussi bon comédien que lui.
Jusqu'ici j'ai dompté le hasard ébloui ;
J'en ai fait mon complice, et la fraude est ma femme.
J'ai vaincu, quoique lâche, et brillé, quoique infâme.
En avant ! j'ai Paris, donc j'ai le genre humain.
Tout me sourit, pourquoi m'arrêter en chemin ?
Il ne me reste plus à gagner que le quine.
Continuons, la chance étant une coquine.

L'univers m'appartient, je le veux, il me plaît;
Ce noir globe étoilé tient sous mon gobelet.
J'escamotai la France, escamotons l'Europe.
Décembre est mon manteau, l'ombre est mon enveloppe;
Les aigles sont partis, je n'ai que les faucons;
Mais n'importe! Il fait nuit. J'en profite. Attaquons.

Or il faisait grand jour. Jour sur Londres, sur Rome,
Sur Vienne, et tous ouvraient les yeux, hormis cet homme;
Et Berlin souriait et le guettait sans bruit.
Comme il était aveugle il crut qu'il faisait nuit.
Tous voyaient la lumière et seul il voyait l'ombre.

Hélas! sans calculer le temps, le lieu, le nombre,
A tâtons, se fiant au vide, sans appui,
Ayant pour sûreté ses ténèbres à lui,
Ce suicide prit nos fiers soldats, l'armée
De France devant qui marchait la renommée,
Et sans canons, sans pain, sans chefs, sans généraux,
Il conduisit au fond du gouffre les héros.
Tranquille, il les mena lui-même dans le piége.

— Où vas-tu? dit la tombe. Il répondit : que sais-je?

II

Que Pline aille au Vésuve, Empédocle à l'Etna,
C'est que dans le cratère une aube rayonna,
Et ces grands curieux ont raison ; qu'un brahmine
Se fasse à Benarès manger par la vermine,
C'est pour le paradis et cela se comprend ;
Qu'à travers Lipari de laves s'empourprant,
Un pêcheur de corail vogue en sa coraline,
Frêle planche que lèche et mord la mer féline,
Des caps de Corse aux rocs orageux de Corfou ;
Que Socrate soit sage et que Jésus soit fou,
L'un étant raisonnable et l'autre étant sublime ;
Que le prophète noir crie autour de Solime
Jusqu'à ce qu'on le tue à coups de javelots ;
Que Green se livre aux airs et Lapeyrouse aux flots,
Qu'Alexandre aille en Perse ou Trajan chez les Daces,
Tous savent ce qu'ils font ; ils veulent : leurs audaces
Ont un but ; mais jamais les siècles, le passé,
L'histoire n'avaient vu ce spectacle insensé,
Ce vertige, ce rêve, un homme qui lui-même,
Descendant d'un sommet triomphal et suprême,
Tirant le fil obscur par où la mort descend,
Prend la peine d'ouvrir sa fosse, et, se plaçant
Sous l'effrayant couteau qu'un mystère environne,
Coupe sa tête afin d'affermir sa couronne !

III

Quand la comète tombe au puits des nuits, du moins
A-t-elle en s'éteignant les soleils pour témoins
Satan précipité demeure grandiose ;
Son écrasement garde un air d'apothéose ;
Et sur un fier destin, farouche vision,
La haute catastrophe est un dernier rayon.
Bonaparte jadis était tombé ; son crime,
Immense, n'avait pas déshonoré l'abîme ;
Dieu l'avait rejeté, mais sur ce grand rejet
Quelque chose de vaste et d'altier surnageait ;
Le côté de clarté cachait le côté d'ombre ;
De sorte que la gloire aimait cet homme sombre,
Et que la conscience humaine avait un fond
De doute sur le mal que les colosses font.

Il est mauvais qu'on mette un crime dans un temple,
Et Dieu vit qu'il fallait recommencer l'exemple.

Lorsqu'un titan larron a gravi les sommets,
Tout voleur l'y veut suivre ; or il faut désormais
Que Sbrigani ne puisse imiter Prométhée ;
Il est temps que la terre apprenne épouvantée
A quel point le petit peut dépasser le grand,

Comment un ruisseau vil est pire qu'un torrent,
Et de quelles stupeurs la main du sort est pleine,
Même après Waterloo, même après Sainte-Hélène!
Dieu veut des astres noirs empêcher le lever.
Comme il était utile et juste d'achever
Brumaire et ce Décembre encor couvert de voiles
Par une éclaboussure allant jusqu'aux étoiles
Et jusqu'aux souvenirs énormes d'autrefois,
Comme il faut au plateau jeter le dernier poids,
Celui qui pèse tout voulut montrer au monde,
Après la grande fin, l'écroulement immonde,
Pour que le genre humain reçût une leçon,
Pour qu'il eût le mépris ayant eu le frisson,
Pour qu'après l'épopée on eût la parodie,
Et pour que nous vissions ce qu'une tragédie
Peut contenir d'horreur, de cendre et de néant
Quand c'est un nain qui fait la chute d'un géant.

Cet homme étant le crime, il était nécessaire
Que tout le misérable eût toute la misère,
Et qu'il eût à jamais le deuil pour piédestal;
Il fallait que la fin de cet escroc fatal
Par qui le guet-apens jusqu'à l'empire monte
Fût telle que la boue elle-même en eût honte,
Et que César, flairé des chiens avec dégoût,
Donnât, en y tombant, la nausée à l'égout.

IV

Azincourt est riant. Désormais Ramillies,
Trafalgar, plaisent presque à nos mélancolies ;
Poitiers n'est plus le deuil, Blenheim n'est plus l'affront,
Crécy n'est plus le champ où l'on baisse le front,
Le noir Rosbach nous fait l'effet d'une victoire.
France, voici le lieu hideux de ton histoire,
Sedan. Ce nom funèbre, où tout vient s'éclipser,
Crache-le, pour ne plus jamais le prononcer.

V

Plaine ! affreux rendez-vous ! Ils y sont, nous y sommes.

Deux vivantes forêts, faites de têtes d'hommes,
De bras, de pieds, de voix, de glaives, de fureur,
Marchent l'une sur l'autre et se mêlent. Horreur !
Cris ! Est-ce le canon ? sont-ce des catapultes ?
Le sépulcre sur terre a parfois des tumultes,

Nous appelons cela hauts faits, exploits ; tout fuit,
Tout s'écroule, et le ver dresse la tête au bruit.
Des condamnations sont par les rois jetées
Et sont par l'homme, hélas ! sur l'homme exécutées ;
Avoir tué son frère est le laurier qu'on a.
Après Pharsale, après Hastings, après Iéna,
Tout est chez l'un triomphe et chez l'autre décombre.
O Guerre ! le hasard passe sur un char d'ombre
Par d'effrayants chevaux invisibles traîné.

La lutte était farouche. Un carnage effréné
Donnait aux combattants des prunelles de braise ;
Le fusil Chassepot bravait le fusil Dreyse ;
A l'horizon hurlaient des méduses, grinçant
Dans un obscur nuage éclaboussé de sang,
Coulevrines d'acier, bombardes, mitrailleuses ;
Les corbeaux se montraient de loin ces travailleuses ;
Tout festin est charnier, tout massacre est banquet.
La rage emplissait l'ombre, et se communiquait,
Comme si la nature entrait dans la bataille,
De l'homme qui frémit à l'arbre qui tressaille ;
Le champ fatal semblait lui-même forcené.
L'un était repoussé, l'autre était ramené,
Là c'était l'Allemagne et là c'était la France.
Tous avaient de mourir la tragique espérance
Ou le hideux bonheur de tuer, et pas un
Que le sang n'enivrât de son âcre parfum,

Pas un qui lâchât pied, car l'heure était suprême.
Cette graine qu'un bras épouvantable sème,
La mitraille, pleuvait sur le champ ténébreux ;
Et les blessés râlaient, et l'on marchait sur eux,
Et les canons grondants soufflaient sur la mêlée
Une fumée immense aux vents échevelée.
On sentait le devoir, l'honneur, le dévouement,
Et la patrie, au fond de l'âpre acharnement.
Soudain, dans cette brume, au milieu du tonnerre,
Dans l'ombre énorme où rit la mort visionnaire,
Dans le chaos des chocs épiques, dans l'enfer
Du cuivre et de l'airain heurtés contre le fer,
Et de ce qui renverse écrasant ce qui tombe,
Dans le rugissement de la fauve hécatombe,
Parmi les durs clairons chantant leur sombre chant,
Tandis que nos soldats luttaient, fiers et tâchant
D'égaler leurs aïeux que les peuples vénèrent,
Tout à coup, les drapeaux hagards en frissonnèrent,
Tandis que du destin subissant le décret,
Tout saignait, combattait, résistait ou mourait,
On entendit ce cri monstrueux : Je veux vivre !

Le canon stupéfait se tut, la mêlée ivre
S'interrompit... — le mot de l'abîme était dit.

Et l'aigle noire ouvrant ses griffes attendit.

VI

Alors la Gaule, alors la France, alors la gloire,
Alors Brennus, l'audace, et Clovis, la victoire,
Alors le vieux titan celtique aux cheveux longs,
Alors le groupe altier des batailles, Châlons,
Tolbiac la farouche, Arezzo la cruelle,
Bovines, Marignan, Beaugé, Mons-en-Puelle,
Tours, Ravenne, Agnadel sur son haut palefroi,
Fornoue, Ivry, Coutras, Cérizolles, Rocroy,
Denain et Fontenoy, toutes ces immortelles
Mêlant l'éclair du front au flamboiement des ailes,
Jemmape, Hohenlinden, Lodi, Wagram, Eylau,
Les hommes du dernier carré de Waterloo,
Et tous ces chefs de guerre, Héristal, Charlemagne,
Charles-Martel, Turenne, effroi de l'Allemagne,
Condé, Villars, fameux par un si fier succès,
Cet Achille, Kléber, ce Scipion, Desaix,
Napoléon, plus grand que César et Pompée,
Par la main d'un bandit rendirent leur épée.

SEPTEMBRE

I

CHOIX ENTRE LES DEUX NATIONS

A L'ALLEMAGNE

Aucune nation n'est plus grande que toi ;
Jadis, toute la terre étant un lieu d'effroi,
Parmi les peuples forts tu fus le peuple juste.
Une tiare d'ombre est sur ton front auguste;
Et pourtant, comme l'Inde aux aspects fabuleux,
Tu brilles ; ô pays des hommes aux yeux bleus,
Clarté hautaine au fond ténébreux de l'Europe,
Une gloire âpre, informe, immense, t'enveloppe;

Ton phare est allumé sur le mont des Géants ;
Comme l'aigle de mer qui change d'océans,
Tu passas tour à tour d'une grandeur à l'autre ;
Huss le sage a suivi Crescentius l'apôtre ;
Barberousse chez toi n'empêche pas Schiller ;
L'empereur, ce sommet, craint l'esprit, cet éclair.
Non, rien ici-bas, rien ne t'éclipse, Allemagne.
Ton Vitikind tient tête à notre Charlemagne,
Et Charlemagne même est un peu ton soldat.
Il semblait par moments qu'un astre te guidât ;
Et les peuples t'ont vue, ô guerrière féconde,
Rebelle au double joug qui pèse sur le monde,
Dresser, portant l'aurore entre tes poings de fer,
Contre César Hermann, contre Pierre Luther.
Longtemps, comme le chêne offrant ses bras au lierre,
Du vieux droit des vaincus tu fus la chevalière ;
Comme on mêle l'argent et le plomb dans l'airain,
Tu sus fondre en un peuple unique et souverain
Vingt peuplades, le Hun, le Dace, le Sicambre ;
Le Rhin te donne l'or et la Baltique l'ambre ;
La musique est ton souffle ; âme, harmonie, encens,
Elle fait alterner dans tes hymnes puissants
Le cri de l'aigle avec le chant de l'alouette ;
On croit voir sur tes burgs croulants la silhouette
De l'hydre et du guerrier vaguement aperçus
Dans la montagne, avec le tonnerre au-dessus ;
Rien n'est frais et charmant comme tes plaines vertes ;
Les brèches de la brume aux rayons sont ouvertes,

Le hameau dort, groupé sous l'aile du manoir,
Et la vierge accoudée aux citernes le soir,
Blonde, a la ressemblance adorable des anges.
Comme un temple exhaussé sur des piliers étranges
L'Allemagne est debout sur vingt siècles hideux,
Et sa splendeur qui sort de leurs ombres, vient d'eux.
Elle a plus de héros que l'Athos n'a de cimes.
La Teutonie, au seuil des nuages sublimes
Où l'étoile est mêlée à la foudre, apparaît ;
Ses piques dans la nuit sont comme une forêt ;
Au-dessus de sa tête un clairon de victoire
S'allonge, et sa légende égale son histoire ;
Dans la Thuringe, où Thor tient sa lance en arrêt,
Ganna, la druidesse échevelée, errait ;
Sous les fleuves, dont l'eau roulait de vagues flammes,
Les syrènes chantaient, monstres aux seins de femmes,
Et le Hartz que hantait Velléda, le Taunus
Où Spillyre essuyait dans l'herbe ses pieds nus,
Ont encor toute l'âpre et divine tristesse
Que laisse dans les bois profonds la prophétesse ;
La nuit, la Forêt-Noire est un sinistre éden ;
Le clair de lune, aux bords du Neckar, fait soudain
Sonores et vivants les arbres pleins de fées.
O Teutons, vos tombeaux ont des airs de trophées ;
Vos aïeux n'ont semé que de grands ossements ;
Vos lauriers sont partout ; soyez fiers, Allemands.
Le seul pied des titans chausse votre sandale.
Tatouage éclatant, la gloire féodale

Dore vos morions, blasonne vos écus ;
Comme Rome Coclès vous avez Galgacus,
Vous avez Beethoven comme la Grèce Homère ;
L'Allemagne est puissante et superbe.

A LA FRANCE

O ma mère !

II

A PRINCE PRINCE FT DEMI

*

L'empereur fait la guerre au roi.

                        Nous nous disions :
— Les guerres sont le seuil des révolutions. —
Nous pensions : — C'est la guerre. Oui, mais la guerre grande.
L'enfer veut un laurier ; la mort veut une offrande ;
Ces deux rois ont juré d'éteindre le soleil ;
Le sang du globe va couler, vaste et vermeil,
Et les hommes seront fauchés comme des herbes ;
Et les vainqueurs seront infâmes, mais superbes. —
Et nous qui voulons l'homme en paix, nous qui donnons
La terre à la charrue et non pas aux canons,
Tristes, mais fiers pourtant, nous disions : — France et Prusse !
Qu'importe ce Batave attaquant ce Borusse !
Laissons faire les rois ; ensuite Dieu viendra.
Et nous rêvions le choc de Vishnou contre Indra,
Un avatar couvé par une apocalypse,
Le flamboiement trouant de toutes parts l'éclipse ;

Nous rêvions les combats énormes de la nuit ;
Nous rêvions ces chaos de colère et de bruit
Où l'ouragan s'attaque à l'océan, où l'ange,
Étreint par le géant, lutte, et fait un mélange
Du sang céleste avec le sang noir du titan ;
Nous rêvions Apollon contre Léviathan ;
Nous nous imaginions l'ombre en pleine démence ;
Nous heurtions, dans l'horreur d'une querelle immense,
Rosbach contre Iéna, Rome contre Alaric,
Le grand Napoléon et le grand Frédéric ;
Nous croyions voir vers nous, en hâte, à tire d'ailes,
Les victoires voler comme des hirondelles
Et, comme l'oiseau court à son nid, aller droit
A la France, au progrès, à la justice, au droit ;
Nous croyions assister au choc fatal des trônes,
A la sinistre mort des vieilles Babylones,
Au continent broyé, tué, ressuscité
Dans une éclosion d'aube et de liberté,
Et voir peut-être, après de monstrueux désastres,
Naître un monde à travers des écroulements d'astres !

Ainsi nous songions. Soit, disions-nous, ce sera
Comme Arbelle, Actium, Trasimène et Zara,
Affreux, mais grandiose. Un gouffre avec sa pente,
Et l'univers tout près du bord, comme à Lépante,
Comme à Tolbiac, comme à Tyr, comme à Poitiers.
La Colère, la Force et la Nuit, noirs portiers,
Vont ouvrir devant nous la tombe tout grande.

Il faudra que le Sud ou le Nord y descende ;
Il faudra qu'une race ou l'autre tombe au fond
De l'abîme où les rois et les dieux se défont.
Et pensifs, croyant voir venir vers nous la gloire,
Les chocs comme en ont vu les hommes de la Loire,
Wagram tonnant, Leipsick magnifique et hideux,
Cyrus, Sennachérib, César, Frédéric Deux,
Nemrod, nous frémissions de ces sombres approches... —

Tout à coup nous sentons une main dans nos poches.

*

Il s'agit de ceci : Nous prendre notre argent.

Certe, on se disait bien : Bonaparte indigent
Fut un escroc, et doit avoir pour espérance
De voler l'Allemagne, ayant volé la France ;
Il filouta le trône ; il est vil, fourbe et laid ;
C'est vrai ; mais nous faisions ce rêve qu'il allait
Rencontrer un vieux roi, fier de sa vieille race,
Ayant Dieu pour couronne et l'honneur pour cuirasse,
Et trouver devant lui, comme au temps des Dunois,
Un de ces paladins des antiques tournois
Dont on voit vaguement se modeler l'armure
Dans les nuages pleins d'aurore et de murmure.
O chute ! illusion ! changement de décor !

C'est le coup de sifflet et non le son du cor.

La nuit. Un hallier fauve où des sabres fourmillent.

Des canons de fusils entre les branches brillent;

Cris dans l'ombre. Surprise, embuscade. Arrêtez!

Tout s'éclaire; et le bois offre de tous côtés

Sa claire-voie où brille une lumière rouge.

Sus! on casse la tête à tous si quelqu'un bouge.

La face contre terre et personne debout!

Et maintenant donnez votre argent — donnez tout.

Qu'il vous plaise ou non d'être à genoux dans la boue,

Qu'importe! et l'on vous fouille, et l'on vous couche en joue.

Nous sommes dix contre un, tous armés jusqu'aux dents.

Et si vous résistez, vous êtes imprudents.

Obéissez! Ces voix semblent sortir d'un antre.

Que faire? on tend sa bourse, on se met à plat ventre,

Et pendant que, le front par terre, on se soumet,

On songe à ces pays que jadis on nommait

La Pologne, Francfort, la Hesse, le Hanovre.

C'est fait! relevez-vous! on se retrouve pauvre

En pleine Forêt-Noire, et nous reconnaissons,

Nous point initiés aux fauves trahisons,

Nous ignorants dans l'art de régner, nous profanes,

Que Cartouche faisait la guerre à Schinderhannes.

III

DIGNES L'UN DE L'AUTRE

Donc regardez : Ici le Jocrisse du crime ;
Là, follement servi par tous ceux qu'il opprime,
L'ogre du droit divin, dévot, correct, moral,
Né pour être empereur et rester caporal.
Ici c'est le Bohême et là c'est le Sicambre.
Le coupe-gorge lutte avec le deux-décembre.
Le lièvre d'un côté, de l'autre le chacal.
Le ravin d'Ollioule et la maison Bancal
Semblent avoir fourni certains rois ; les Calabres
N'ont rien de plus affreux que ces traîneurs de sabres :
Pillage, extorsion, c'est leur guerre ; un tel art
Charmerait Poulailler, mais troublerait Folard.
C'est l'arrestation nocturne d'un carrosse.

Oui, Bonaparte est vil, mais Guillaume est atroce,
Et rien n'est imbécile, hélas, comme le gant
Que ce filou naïf jette à ce noir brigand.

L'un attaque avec rien ; l'autre accepte l'approche
Et tire brusquement la foudre de sa poche ;
Ce tonnerre était doux et traître, et se cachait ;
Leur empereur avait le nôtre pour hochet.
Il riait : Viens, petit ! Le petit vient, trébuche,
Et son piége le fait tomber dans une embûche.
Carnage, tas de morts, deuil, horreur, trahison,
Tumulte infâme autour du sinistre horizon ;
Et le penseur, devant ces attentats sans nombre,
Est pris d'on ne sait quel éblouissement sombre.
Que de crimes, ciel juste ! Oh ! l'affreux dénoûment !
O France ! un coup de vent dissipe en un moment
Cette ombre de césar et cette ombre d'armée.

Guerre où l'un est la flamme et l'autre la fumée.

IV

PARIS BLOQUÉ

O ville, tu feras agenouiller l'histoire.
Saigner est ta beauté, mourir est ta victoire.
Mais non, tu ne meurs pas. Ton sang coule, mais ceux
Qui voyaient César rire en tes bras paresseux
S'étonnent : tu franchis la flamme expiatoire.
Dans l'admiration des peuples, dans la gloire,
Tu retrouves, Paris, bien plus que tu ne perds.
Ceux qui t'assiégent, ville en deuil, tu les conquiers.
La prospérité basse et fausse est la mort lente ;
Tu tombais folle et gaie, et tu grandis sanglante.
Tu sors, toi qu'endormit l'empire empoisonneur,
Du rapetissement de ce hideux bonheur.
Tu t'éveilles déesse et chasses le satyre.
Tu redeviens guerrière en devenant martyre ;
Et dans l'honneur, le beau, le vrai, les grandes mœurs.
Tu renais d'un côté quand de l'autre tu meurs.

V

A PETITE JEANNE

Vous eûtes donc hier un an, ma bien-aimée.
Contente, vous jasez, comme, sous la ramée,
Au fond du nid plus tiède ouvrant de vagues yeux,
Les oiseaux nouveau-nés gazouillent, tout joyeux
De sentir qu'il commence à leur pousser des plumes.
Jeanne, ta bouche est rose; et dans les gros volumes
Dont les images font ta joie, et que je dois,
Pour te plaire, laisser chiffonner par tes doigts,
On trouve de beaux vers, mais pas un qui te vaille
Quand tout ton petit corps en me voyant tressaille;
Les plus fameux auteurs n'ont rien écrit de mieux
Que la pensée éclose à demi dans tes yeux,
Et que ta rêverie obscure, éparse, étrange,
Regardant l'homme avec l'ignorance de l'ange.
Jeanne, Dieu n'est pas loin puisque vous êtes là.

Ah! vous avez un an, c'est un âge cela!
Vous êtes par moments grave, quoique ravie;

Vous êtes à l'instant céleste de la vie
Où l'homme n'a pas d'ombre, où dans ses bras ouverts,
Quand il tient ses parents, l'enfant tient l'univers ;
Votre jeune âme vit, songe, rit, pleure, espère
D'Alice votre mère à Charles votre père ;
Tout l'horizon que peut contenir votre esprit
Va d'elle qui vous berce à lui qui vous sourit ;
Ces deux êtres pour vous à cette heure première
Sont toute la caresse et toute la lumière ;
Eux deux, eux seuls, ô Jeanne ; et c'est juste ; et je suis,
Et j'existe, humble aïeul, parce que je vous suis ;
Et vous venez, et moi je m'en vais ; et j'adore,
N'ayant droit qu'à la nuit, votre droit à l'aurore.
Votre blond frère George et vous, vous suffisez
A mon âme, et je vois vos jeux, et c'est assez ;
Et je ne veux, après mes épreuves sans nombre,
Qu'un tombeau sur lequel se découpera l'ombre
De vos berceaux dorés par le soleil levant.

Ah ! nouvelle venue innocente, et rêvant,
Vous avez pris pour naître une heure singulière ;
Vous êtes, Jeanne, avec les terreurs familière ;
Vous souriez devant tout un monde aux abois ;
Vous faites votre bruit d'abeille dans les bois,
O Jeanne, et vous mêlez votre charmant murmure
Au grand Paris faisant sonner sa grande armure.
Ah ! quand je vous entends, Jeanne, et quand je vous vois
Chanter, et, me parlant avec votre humble voix,

Tendre vos douces mains au-dessus de nos têtes,
Il me semble que l'ombre où grondent les tempêtes
Tremble et s'éloigne avec des rugissements sourds,
Et que Dieu fait donner à la ville aux cent tours
Désemparée ainsi qu'un navire qui sombre,
Aux énormes canons gardant le rempart sombre,
A l'univers qui penche et que Paris défend,
Sa bénédiction par un petit enfant.

Paris, 30 septembre 1870.

OCTOBRE

I

J'étais le vieux rôdeur sauvage de la mer,
Une espèce de spectre au bord du gouffre amer ;
J'avais dans l'âpre hiver, dans le vent, dans le givre,
Dans l'orage, l'écume et l'ombre, écrit un livre,
Dont l'ouragan, noir souffle aux ordres du banni,
Tournait chaque feuillet quand je l'avais fini ;
Je n'avais rien en moi que l'honneur imperdable ;
Je suis venu, j'ai vu la cité formidable ;
Elle avait faim, j'ai mis mon livre sous sa dent ;

Et j'ai dit à ce peuple altier, farouche, ardent,
A ce peuple indigné, sans peur, sans joug, sans règle,
J'ai dit à ce Paris, comme le klephte à l'aigle :
Mange mon cœur, ton aile en croîtra d'un empan.

Quand le Christ expira, quand mourut le grand Pan,
Jean et Luc en Judée et dans l'Inde Épicure
Entendirent un cri d'inquiétude obscure ;
La terre tressaillit quand l'Olympe tomba ;
D'Ophir à Chanaan et d'Assur à Saba,
Comme un socle en ployant fait ployer la colonne,
Tout l'Orient pencha quand croula Babylone ;
La même horreur sacrée est dans l'homme aujourd'hui,
Et l'édifice sent fléchir le point d'appui ;
Tous tremblent pour Paris qu'étreint une main vile ;
On tuerait l'Univers si l'on tuait la Ville ;
C'est plus qu'un peuple, c'est le monde que les rois
Tâchent de clouer, morne et sanglant, sur la croix ;
Le supplice effrayant du genre humain commence.

Donc luttons. Plus que Troie et Tyr, plus que Numance,
Paris assiégé doit l'exemple. Soyons grands.
Affrontons les bandits conduits par les tyrans.
Les Huns reviennent comme au temps de Frédégaire ;
Laissons rouler vers nous les machines de guerre ;
Faisons front, tenons tête ; acceptons, seuls, trahis,

Sanglants, le dur travail de sauver ce pays.
Tomber, mais sans avoir tremblé, c'est la victoire.
Être la rêverie immense de l'histoire,
Faire que tout chercheur du vrai, du grand, du beau,
Met le doigt sur sa bouche en voyant un tombeau,
C'est aussi bien l'honneur d'un peuple que d'un homme,
Et Caton est trop grand s'il est plus grand que Rome ;
Rome doit l'égaler, Rome doit l'imiter ;
Donc Rome doit combattre et Paris doit lutter.
Notre labeur finit par être notre gerbe.
Combats, ô mon Paris ! aie, ô peuple superbe,
Criblé de flèches, mais sans tache à ton écu,
L'illustre acharnement de n'être pas vaincu.

II

Et voilà donc les jours tragiques revenus !
On dirait, à voir tant de signes inconnus,
Que pour les nations commence une autre hégire.

Pâle Alighieri, toi, frère de Cynégire,
Ô sévères témoins, ô justiciers égaux,
Penchés, l'un sur Florence et l'autre sur Argos,
Vous qui fîtes, esprits sur qui l'aigle se pose,
Ces livres redoutés où l'on sent quelque chose
De ce qui gronde et luit derrière l'horizon,
Vous que le genre humain lit avec un frisson,
Songeurs qui pouvez dire en vos tombeaux : nous sommes
Dieux par le tremblement mystérieux des hommes !
Dante, Eschyle, écoutez et regardez.

                                        Ces rois
Sous leur large couronne ont des fronts trop étroits.

Vous les dédaigneriez. Ils n'ont pas la stature
De ceux que votre vers formidable torture,
Ni du chef argien, ni du baron pisan ;
Mais ils sont monstrueux pourtant, convenez-en.
Des premiers rois venus ils ont l'aspect vulgaire ;
Mais ils viennent avec des légions de guerre.
Ils poussent sur Paris les sept peuples saxons.
Hideux, casqués, dorés, tatoués de blasons,
Il faut que chacun d'eux de meurtre se repaisse ;
Chacun de ces rois prend pour emblème une espèce
De bête fauve et fait luire à son morion
La chimère d'un rude et morne alérion,
Ou quelque impur dragon agitant sa crinière ;
Et le grand chef arbore à sa haute bannière,
Teinte des deux reflets du tombeau tour à tour,
Un aigle étrange, blanc la nuit et noir le jour.
Avec eux, à grand bruit, et sous toutes les formes,
Krupps, bombardes, canons, mitrailleuses énormes,
Ils traînent sous ce mur qu'ils nomment ennemi
Le bronze, ce muet, cet esclave endormi,
Qui, tout à coup hurlant lorsqu'on le démusèle,
Est pris d'on ne sait quel épouvantable zèle
Et se met à détruire une ville, sans frein,
Sans trêve, avec la joie horrible de l'airain,
Comme s'il se vengeait, sur ces tours abattues,
D'être employé par l'homme à d'infâmes statues ;
Et comme s'il disait : Peuple, contemple en moi
Le monstre avec lequel tu fais ensuite un roi !

Tout tremble, et les sept chefs dans la haine s'unissent.

Ils sont là, menaçant Paris. Ils le punissent.
De quoi? D'être la France et d'être l'univers,
De briller au-dessus des gouffres entr'ouverts,
D'être un bras de géant tenant une poignée
De rayons, dont l'Europe est à jamais baignée;
Ils punissent Paris d'être la liberté;
Ils punissent Paris d'être cette cité
Où Danton gronde, où luit Molière, où rit Voltaire;
Ils punissent Paris d'être âme de la terre,
D'être ce qui devient de plus en plus vivant,
Le grand flambeau profond que n'éteint aucun vent,
L'idée en feu perçant ce nuage, le nombre,
Le croissant du progrès clair au fond du ciel sombre;
Ils punissent Paris de dénoncer l'erreur,
D'être l'avertisseur et d'être l'éclaireur,
De montrer sous leur gloire affreuse un cimetière,
D'abolir l'échafaud, le trône, la frontière,
La borne, le combat, l'obstacle, le fossé,
Et d'être l'avenir quand ils sont le passé.

Et ce n'est pas leur faute; ils sont les forces noires.
Ils suivent dans la nuit toutes les sombres gloires,
Caïn, Nemrod, Rhamsès, Cyrus, Gengis, Timour.
Ils combattent le droit, la lumière, l'amour.
Ils voudraient être grands et ne sont que difformes.
Terre, ils ne veulent pas qu'heureuse, tu t'endormes

Dans les bras de la paix sacrée, et dans l'hymen
De la clarté divine avec l'esprit humain.
Ils condamnent le frère à dévorer le frère,
Le peuple à massacrer le peuple, et leur misère
C'est d'être tout-puissants, et que tous leurs instincts,
Allumés pour l'enfer, soient pour le ciel éteints.
Rois hideux! On verra, certe, avant que leur âme
Renonce à la tuerie, au glaive, au meurtre infâme,
Aux clairons, au cheval de guerre qui hennit,
L'oiseau ne plus savoir le chemin de son nid,
Le tigre épris du cygne, et l'abeille oublieuse
De sa ruche sauvage au creux noir de l'yeuse.

III

Sept. Le chiffre du mal. Le nombre où Dieu ramène,
Comme en un vil cachot, toute la faute humaine.
Sept princes. Wurtemberg et Mecklembourg, Nassau,
Saxe, Bade, Bavière et Prusse, affreux réseau.
Ils dressent dans la nuit leurs tentes sépulcrales.
Les cercles de l'enfer sont là, mornes spirales;
Haine, hiver, guerre, deuil, peste, famine, ennui.
Paris a les sept nœuds des ténèbres sur lui.
Paris devant son mur a sept chefs comme Thèbe.

Spectacle inouï! l'astre assiégé par l'Érèbe.

La nuit donne l'assaut à la lumière. Un cri
Sort de l'astre en détresse, et le néant a ri.
La cécité combat le jour; la morne envie
Attaque le cratère auguste de la vie,
Le grand foyer central, l'astre aux astres uni.
Tous les yeux inconnus ouverts dans l'infini

S'étonnent; qu'est-ce donc? Quoi! la clarté se voile!
Un long frisson d'horreur court d'étoile en étoile.
Sauve ton œuvre, ô Dieu, toi qui d'un souffle émeus
L'ombre où Léviathan tord ses bras venimeux!
C'en est fait. La bataille infâme est commencée.

Comme un phare jadis gardait la porte Scée,
Un flamboiement jaillit de l'astre, avertissant
Le ciel que l'enfer monte et que la nuit descend.
Le gouffre est comme un mur énorme de fumée
Où fourmille on ne sait quelle farouche armée,
Nuage monstrueux où luisent des airains;
Et les bruits infernaux et les bruits souterrains
Se mêlent, et, hurlant au fond de la géhenne,
Les tonnerres ont l'air de bêtes à la chaîne.
Une marée informe où grondent les typhons
Arrive, croît et roule avec des cris profonds,
Et ce chaos s'acharne à tuer cette sphère.
Lui frappe avec la flamme; elle avec la lumière;
Et l'abîme a l'éclair et l'astre a le rayon.
L'obscurité, flot, brume, ouragan, tourbillon,
Tombant sur l'astre, encor, toujours, encore, encore,
Cherche à se verser toute en ce puits de l'aurore.
Qui l'emportera? Crainte, espoir! Frémissements!
La splendide rondeur de l'astre, par moments,
Sous d'affreux gonflements de ténèbres s'efface,
Et, comme vaguement tremble et flotte une face,
De plus en plus sinistre et pâle, il disparaît.

Est-ce que d'une étoile on prononce l'arrêt?
Qui donc le peut? Qui donc a droit d'ôter au monde
Cette lueur sacrée et cette âme profonde?
L'enfer semble une gueule effroyable qui mord.
Et l'on ne voit plus l'astre. Est-ce donc qu'il est mort?

Tout à coup un rayon sort par une trouée.
Une crinière en feu, par les vents secouée,
Apparaît... — Le voilà!

                        C'est lui. Vivant, aimant,
Il condamne la Nuit à l'éblouissement,
Et, soudain reparu dans sa beauté première,
La couvre d'une écume immense de lumière.

Le chaos est-il donc vaincu? Non. La noirceur
Redouble, et le reflux du gouffre envahisseur
Revient, et l'on dirait que Dieu se décourage.

De nouveau, dans l'horreur, dans la nuit, dans l'orage,
On cherche l'astre. Où donc est-il? Quel guet-apens!
Et rien ne continue, et tout est en suspens;
La création sent qu'elle est témoin d'un crime;
Et l'univers regarde avec stupeur l'abîme
Qui, sans relâche, au fond du firmament vermeil,
Jette un vomissement d'ombre sur le soleil.

NOVEMBRE

I

DU HAUT DE LA MURAILLE DE PARIS

A LA NUIT TOMBANTE

L'Occident était blanc, l'Orient était noir ;
Comme si quelque bras sorti des ossuaires
Dressait un catafalque aux colonnes du soir,
Et sur le firmament déployait deux suaires.

Et la nuit se fermait ainsi qu'une prison.
L'oiseau mêlait sa plainte au frisson de la plante.
J'allais. Quand je levai mes yeux vers l'horizon,
Le couchant n'était plus qu'une lame sanglante.

Cela faisait penser à quelque grand duel
D'un monstre contre un dieu, tous deux de même taille
Et l'on eût dit l'épée effrayante du ciel
Rouge et tombée à terre après une bataille.

11

PARIS DIFFAMÉ A BERLIN

Pour la sinistre nuit l'aurore est un scandale ;
Et l'Athénien semble un affront au Vandale.
Paris, en même temps qu'on t'attaque, on voudrait
Donner au guet-apens le faux air d'un arrêt ;
Le cuistre aide le reître ; ils font cette gageure,
Déshonorer la ville héroïque ; et l'injure
Pleut, mêlée à l'obus, dans le bombardement ;
Ici le soudard tue et là le rhéteur ment ;
On te dénonce au nom des mœurs, au nom du culte ;

C'est afin de pouvoir t'égorger qu'on t'insulte,
La calomnie ayant pour but l'assassinat.
O ville, dont le peuple est grand comme un sénat,
Combats, tire l'épée, ô cité de lumière
Qui fondes l'atelier, qui défends la chaumière,
Va, laisse, ô fier chef-lieu des hommes tous égaux,
Hurler autour de toi l'affreux tas des bigots,
Noirs sauveurs de l'autel et du trône, hypocrites
Par qui dans tous les temps les clartés sont proscrites,
Qui gardent tous les dieux contre tous les esprits,
Et dont nous entendons dans l'histoire les cris,
A Rome, à Thèbe, à Delphe, à Memphis, à Mycènes,
Pareils aux aboiements lointains des chiens obscènes.

III

A TOUS CES PRINCES

*

Rois teutons, vous avez mal copié vos pères.
Ils se précipitaient hors de leurs grands repaires,
Le glaive au poing, tâchant d'avoir ceci pour eux
D'être les plus vaillants et non les plus nombreux.
Vous, vous faites la guerre autrement.

                                     On se glisse
Sans bruit, dans l'ombre, avec le hasard pour complice,
Jusque dans le pays d'à côté, doucement,
Un peu comme un larron, presque comme un amant;
Baissant la voix, courbant le front, cachant sa lampe,
On se fait invisible au fond des bois, on rampe;
Puis brusquement, criant vivat, hourrah, haro,
On tire un million de sabres du fourreau,
On se rue, et l'on frappe et d'estoc et de taille
Sur le voisin, lequel a, dans cette bataille,
Rien pour armée avec zéro pour général.
Vos aïeux, que Luther berçait de son choral,

N'eussent point accepté de vaincre de la sorte ;
Car la soif conquérante était en eux moins forte
Que la pudeur guerrière, et tous avaient au cœur
Le désir d'être grand plus que d'être vainqueur.
Vous, princes, vous semez, de Sedan à Versailles,
Dans votre route obscure à travers les broussailles,
Toutes sortes d'exploits louches et singuliers
Dont se fût indignée au temps des chevaliers
La magnanimité farouche de l'épée.

Rois, la guerre n'est pas digne de l'épopée
Lorsqu'elle est espionne et traître, et qu'elle met
Une cocarde au vol, à la fraude un plumet !
Guillaume est empereur, Bismarck est trabucaire ;
Charlemagne à sa droite assoit Robert-Macaire ;
On livre aux mameloucks, aux pandours, aux strélitz,
Aux reîtres, aux hulans, la France d'Austerlitz ;
On en fait son butin, sa proie et sa prébende.
Où fut la grande armée on est l'énorme bande.

                        *

Ivres, ils vont au gouffre obscur qui les attend.
Ainsi l'ours, à vau-l'eau sur le glacier flottant,
Ne sent pas sous lui fondre et crouler la banquise.

Soit, princes. Vautrez-vous sur la France conquise.

De l'Alsace aux abois, de la Lorraine en sang,
De Metz qu'on vous vendit, de Strasbourg frémissant
Dont vous n'éteindrez pas la tragique auréole,
Vous aurez ce qu'on a des femmes qu'on viole,
La nudité, le lit, et la haine à jamais.

Oui, le corps souillé, froid, sinistre désormais,
Quand on les prend de force en des étreintes viles,
C'est tout ce qu'on obtient des vierges et des villes.

Moissonnez les vivants comme un champ de blé mûr,
Cernez Paris, jetez la flamme à ce grand mur,
Tuez à Châteaudun, tuez à Gravelotte,
O rois, désespérez la mère qui sanglote,
Poussez l'effrayant cri de l'ombre : Exterminons !
Secouez vos drapeaux et roulez vos canons ;
A ce bruit triomphal il manque quelque chose.
La porte de rayons dans les cieux reste close ;
Et sur la terre en deuil pas un laurier ne sent
La séve lui venir de tous ces flots de sang.
Là-haut au loin, le groupe altier des Renommées,
Immobile, indigné, les ailes refermées,
Tourne le dos, se tait, refuse de rien voir,
Et l'on distingue, au fond de ce firmament noir,
Le morne abaissement de leurs trompettes sombres.

Dire que pas un nom ne sort de ces décombres !
O gloire, ces héros comment s'appellent-ils ?

Quoi! ces triomphateurs hautains, sanglants, subtils,
Quoi! ces envahisseurs que tant de rage anime
Ne peuvent même pas sortir de l'anonyme,
Et ce comble d'affront sur nous s'appesantit
Que la victoire est grande et le vainqueur petit!

IV

BANCROFT

Qu'est-ce que cela fait à cette grande France ?
Son tragique dédain va jusqu'à l'ignorance.
Elle existe, et ne sait ce que dit d'elle un tas
D'inconnus, chez les rois ou dans les galetas ;
Soyez un va-nu-pieds ou soyez un ministre,
Vous n'avez point du mal la majesté sinistre ;
Vous bourdonnez en vain sur son éternité.
Vous l'insultez. Qui donc avez-vous insulté ?
Elle n'aperçoit pas dans ses deuils ou ses fêtes
L'espèce d'ombre obscure et vague que vous êtes ;
Tâchez d'être quelqu'un, Tibère, Gengiskan,
Soyez l'homme fléau, soyez l'homme volcan,
On examinera si vous valez la peine
Qu'on vous méprise ; ayez quelque titre à la haine,
Et l'on verra. Sinon, allez-vous-en. Un nain
Peut à sa petitesse ajouter son venin
Sans cesser d'être un nain, et qu'importe l'atome ?
Qu'importe l'affront vil qui tombe de cet homme ?

Qu'importe les néants qui passent et s'en vont ?
Sans faire remuer la tête énorme, au fond
Du désert où l'on voit rôder le lynx féroce,
Le stercoraire peut prendre avec le colosse
Immobile à jamais sous le ciel étoilé,
Des familiarités d'oiseau vite envolé.

V

EN VOYANT FLOTTER SUR LA SEINE

DES CADAVRES PRUSSIENS

Oui, vous êtes venus et vous voilà couchés ;
Vous voilà caressés, portés, baisés, penchés,
Sur le souple oreiller de l'eau molle et profonde ;
Vous voilà dans les draps froids et mouillés de l'onde ;
C'est bien vous, fils du Nord, nus sur le flot dormant !
Vous fermez vos yeux bleus dans ce doux bercement.
Vous aviez dit : « — Allons chez la prostituée.
Babylone, aux baisers du monde habituée,
Est là-bas ; elle abonde en rires, en chansons ;
C'est là que nous aurons du plaisir ; ô Saxons,
O Germains, vers le sud tournons notre œil oblique,
Vite ! en France ! Paris, cette ville publique,
Qui pour les étrangers se farde et s'embellit,
Nous ouvrira ses bras... » — Et la Seine son lit.

VI

Prêcher la guerre après avoir plaidé la paix !
Sagesse, dit le sage, eh quoi, tu me trompais !
O sagesse, où sont donc les paroles clémentes ?
Se peut-il qu'on t'aveugle ou que tu te démentes ?
Et la fraternité, qu'en fais-tu ? te voilà
Exterminant Caïn, foudroyant Attila !
— Homme, je ne t'ai pas trompé, dit la sagesse.
Tout commence en refus et finit en largesse ;
L'hiver mène au printemps et la haine à l'amour.
On croit travailler contre et l'on travaille pour.
En se superposant sans mesure et sans nombre,
Les vérités parfois font un tel amas d'ombre
Que l'homme est inquiet devant leur profondeur ;
La Providence est noire à force de grandeur ;
Ainsi la nuit sinistre et sainte fait ses voiles
De ténèbres avec des épaisseurs d'étoiles.

VII

Je ne sais si je vais sembler étrange à ceux
Qui pensent que devant le sort trouble et chanceux,
Devant Sedan, devant le flamboiement du glaive,
Il faut brûler un cierge à Sainte-Geneviève,
Qu'on serait sûr d'avoir le secours le plus vrai
En redorant à neuf Notre-Dame d'Auray,
Et qu'on arrête court l'obus, le plomb qui tonne,
Et la mitraille, avec une oraison bretonne ;
Je paraîtrai sauvage et fort mal élevé
Aux gens qui dans des coins chuchotent des Ave
Pendant que le sang coule à flots de notre veine,
Et qui contre un canon braquent une neuvaine ;
Mais je dis qu'il est temps d'agir et de songer
A la levée en masse, à l'abîme, au danger
Qui, lorsqu'autour de nous son cercle se resserre,
A ce mérite, étant hideux, d'être sincère,
D'être franchement fauve et sombre, et de t'offrir,
France, une occasion sublime de mourir ;

J'affirme que le camp monstrueux des barbares,
Que les ours, de leur cage ayant brisé les barres,
Approchent, que d'horreur les peuples sont émus,
Que nous ne sommes plus au temps des oremus,
Que les hordes sont là, que Paris est leur cible,
Et que nous devons tous pousser un cri terrible !
Aux armes, citoyens ! aux fourches, paysans !
Jette là ton psautier pour les agonisants,
Général, et faisons en hâte une trouée !
La Marseillaise n'est pas encore enrouée,
Le cheval que montait Kléber n'est pas fourbu,
Tout le vin de l'audace immense n'est pas bu,
Et Danton nous en laisse assez au fond du verre
Pour donner à la Prusse une chasse sévère,
Et pour épouvanter le vieux monde aux abois
De la réception que nous faisons aux rois !
Dussions-nous succomber d'ailleurs, la mort est grande.
Quand un trop bon chrétien dans la cité commande,
Quand je crois qu'on a peur, quand je vois qu'on attend,
Qu'est-ce que vous voulez, je ne suis pas content.
Ce chef vers son curé tourne un œil trop humide ;
Je le vois soldat brave et général timide ;
Comme le vieil Entelle et le vieux d'Aubigné,
J'ai des frémissements, je frissonne indigné ;
Nous sommes dans Paris, volcan, fournaise d'âmes,
Près de deux millions d'hommes, d'enfants, de femmes,
Pas un n'entend céder, pas une ; et nous voulons
La colère plus prompte et les discours moins longs :

Et je l'irais demain dire à l'hôtel de ville
Si je ne sentais poindre une guerre civile,
O patrie accablée, et si je ne craignais
D'ajouter cette corde affreuse à tes poignets,
Et de te voir traînée autour du mur en flamme,
Dans la fange et le sang, derrière un char infâme,
D'abord par tes vainqueurs, ensuite par tes fils!
Ces fiers Parisiens bravent tous les défis;
Ils acceptent le froid, la faim, rien ne les dompte,
Ne trouvant d'impossible à porter que la honte;
On mange du pain noir n'ayant plus de pain bis;
Soit; mais se laisser prendre ainsi que des brebis,
Ce n'est pas leur humeur, et tous veulent qu'on sorte,
Et nous voulons nous-même enfoncer notre porte,
Et, s'il le faut, le front levé vers l'orient,
Nous mettre en liberté dans la tombe, en criant :
Concorde! en attestant l'avenir, l'espérance,
L'aurore; et c'est ainsi qu'agonise la France!

C'est pourquoi je déclare en cette extrémité
Que l'homme a pour bien faire un cœur illimité,
Qu'il faut copier Sparte et Rome notre aïeule,
Et qu'un peuple est borné par sa lâcheté seule;
J'écarte le mauvais exemple, ce lépreux;
A cette heure il nous faut mieux que les anciens preux
Qui souvent s'attardaient trop longtemps aux chapelles;
Je dis qu'à ton secours, France, tu nous appelles;
Qu'un courage qui chante au lutrin est bâtard,

Qu'il sied de tout risquer, et qu'il est déjà tard !

C'est mon avis, devant les trompettes farouches,

Devant les ouragans gonflant leurs noires bouches,

Devant le Nord féroce attaquant le Midi,

Que nous avons besoin de quelqu'un de hardi ;

Et que, lorsqu'il s'agit de chasser les Vandales,

De refouler le flot des bandes féodales,

De délivrer l'Europe en délivrant Paris,

Et d'en finir avec ceux qui nous ont surpris,

Avec tant d'épouvante, avec tant de misère,

Il nous faut une épée et non pas un rosaire.

VIII

Qu'on ne s'y trompe pas, je n'ai jamais caché
Que j'étais sur l'énigme éternelle penché ;
Je sais qu'être à demi plongé dans l'équilibre
De la terre et des cieux, nous fait l'âme plus libre ;
Je sais qu'en s'appuyant sur l'inconnu, l'on sent
Quelque chose d'immense et de bon qui descend,
Et qu'on voit le néant des rois, et qu'on résiste
Et qu'on lutte et qu'on marche avec un cœur moins triste ;
Je sais qu'il est d'altiers prophètes qu'un danger
Tente, et que l'habitude auguste de songer,
De méditer, d'aimer, de croire, et d'être en somme
A genoux devant Dieu, met debout devant l'homme ;
Certes, je suis courbé sous l'infini profond.
Mais le ciel ne fait pas ce que les hommes font ;
Chacun a son devoir et chacun a sa tâche ;
Je sais aussi cela. Quand le destin est lâche,
C'est à nous de lui faire obstacle rudement,
Sans aller déranger l'éclair du firmament,
Et j'attends, pour le vaincre, un moins grand phénomène
Du tonnerre divin que de la foudre humaine.

IX

A L'ÉVÊQUE QUI M'APPELLE ATHÉE

Athée? entendons-nous, prêtre, une fois pour toutes.
M'espionner, guetter mon âme, être aux écoutes,
Regarder par le trou de la serrure au fond
De mon esprit, chercher jusqu'où mes doutes vont,
Questionnner l'enfer, consulter son registre
De police, à travers son soupirail sinistre,
Pour voir ce que je nie ou bien ce que je croi,
Ne prends pas cette peine inutile. Ma foi
Est simple, et je la dis. J'aime la clarté franche :

S'il s'agit d'un bonhomme à longue barbe blanche,
D'une espèce de pape ou d'empereur, assis
Sur un trône qu'on nomme au théâtre un châssis,
Dans la nuée, ayant un oiseau sur sa tête,
A sa droite un archange, à sa gauche un prophète,
Entre ses bras son fils pâle et percé de clous,
Un et triple, écoutant des harpes, Dieu jaloux,
Dieu vengeur, que Garasse enregistre, qu'annote

L'abbé Pluche en Sorbonne et qu'approuve Nonotte ;
S'il s'agit de ce Dieu que constate Trublet,
Dieu foulant aux pieds ceux que Moïse accablait,
Sacrant tous les bandits royaux dans leurs repaires,
Punissant les enfants pour la faute des pères,
Arrêtant le soleil à l'heure où le soir naît,
Au risque de casser le grand ressort tout net,
Dieu mauvais géographe et mauvais astronome,
Contrefaçon immense et petite de l'homme,
En colère, et faisant la moue au genre humain,
Comme un Père Duchêne un grand sabre à la main ;
Dieu qui volontiers damne et rarement pardonne,
Qui sur un passe-droit consulte une madone,
Dieu qui dans son ciel bleu se donne le devoir
D'imiter nos défauts et le luxe d'avoir
Des fléaux, comme on a des chiens, qui trouble l'ordre,
Lâche sur nous Nemrod et Cyrus, nous fait mordre
Par Cambyse, et nous jette aux jambes Attila,
Prêtre, oui, je suis athée à ce vieux bon Dieu-là.

Mais s'il s'agit de l'être absolu qui condense
Là-haut tout l'idéal dans toute l'évidence,
Par qui, manifestant l'unité de la loi,
L'univers peut, ainsi que l'homme, dire : Moi ;
De l'être dont je sens l'âme au fond de mon âme,
De l'être qui me parle à voix basse, et réclame
Sans cesse pour le vrai contre le faux, parmi
Les instincts dont le flot nous submerge à demi ;

S'il s'agit du témoin dont ma pensée obscure
A parfois la caresse et parfois la piqûre
Selon qu'en moi, montant au bien, tombant au mal,
Je sens l'esprit grandir ou croître l'animal ;
S'il s'agit du prodige immanent qu'on sent vivre
Plus que nous ne vivons, et dont notre âme est ivre
Toutes les fois qu'elle est sublime, et qu'elle va,
Où s'envola Socrate, où Jésus arriva,
Pour le juste, le vrai, le beau, droit au martyre,
Toutes les fois qu'au gouffre un grand devoir l'attire,
Toutes les fois qu'elle est dans l'orage alcyon,
Toutes les fois qu'elle a l'auguste ambition
D'aller, à travers l'ombre infâme qu'elle abhorre
Et de l'autre côté des nuits, trouver l'aurore ;
O prêtre, s'il s'agit de ce quelqu'un profond
Que les religions ne font ni ne défont,
Que nous devinons bon et que nous sentons sage,
Qui n'a pas de contour, qui n'a pas de visage,
Et pas de fils, ayant plus de paternité
Et plus d'amour que n'a de lumière l'été ;
S'il s'agit de ce vaste inconnu que ne nomme,
N'explique et ne commente aucun Deutéronome,
Qu'aucun Calmet ne peut lire en aucun Esdras,
Que l'enfant dans sa crèche et les morts dans leurs draps
Distinguent vaguement d'en bas comme une cime,
Très-Haut qui n'est mangeable en aucun pain azime.
Qui parce que deux cœurs s'aiment, n'est point fâché,
Et qui voit la nature où tu vois le péché ;

S'il s'agit de ce Tout vertigineux des êtres
Qui parle par la voix des éléments, sans prêtres,
Sans bibles, point charnel et point officiel,
Qui pour livre a l'abîme et pour temple le ciel,
Loi, Vie, Ame, invisible à force d'être énorme,
Impalpable à ce point qu'en dehors de la forme
Des choses que dissipe un souffle aérien,
On l'aperçoit dans tout sans le saisir dans rien ;
S'il s'agit du suprême Immuable, solstice
De la raison, du droit, du bien, de la justice,
En équilibre avec l'infini, maintenant,
Autrefois, aujourd'hui, demain, toujours, donnant
Aux soleils la durée, aux cœurs la patience,
Qui, clarté hors de nous, est en nous conscience ;
Si c'est de ce Dieu-là qu'il s'agit, de celui
Qui toujours dans l'aurore et dans la tombe a lui,
Étant ce qui commence et ce qui recommence ;
S'il s'agit du principe éternel, simple, immense,
Qui pense puisqu'il est, qui de tout est le lieu,
Et que, faute d'un nom plus grand, j'appelle Dieu,
Alors tout change, alors nos esprits se retournent,
Le tien vers la nuit, gouffre et cloaque où séjournent
Les rires, les néants, sinistre vision,
Et le mien vers le jour, sainte affirmation,
Hymne, éblouissement de mon âme enchantée ;
Et c'est moi le croyant, prêtre, et c'est toi l'athée.

X

A L'ENFANT MALADE PENDANT LE SIÉGE

Si vous continuez d'être ainsi toute pâle
    Dans notre air étouffant,
Si je vous vois entrer dans mon ombre fatale,
    Moi vieillard, vous enfant;

Si je vois de nos jours se confondre la chaîne,
    Moi qui sur mes genoux
Vous contemple, et qui veux la mort pour moi prochaine,
    Et lointaine pour vous;

Si vos mains sont toujours diaphanes et frêles,
    Si, dans votre berceau,
Tremblante, vous avez l'air d'attendre des ailes
    Comme un petit oiseau;

Si vous ne semblez pas prendre sur notre terre
    Racine pour longtemps,
Si vous laissez errer, Jeanne, en notre mystère
    Vos doux yeux mécontents;

Si je ne vous vois pas gaie et rose et très-forte,
    Si, triste, vous rêvez,
Si vous ne fermez pas derrière vous la porte
    Par où vous arrivez;

Si je ne vous vois pas comme une belle femme
    Marcher, vous bien porter,
Rire, et si vous semblez être une petite âme
    Qui ne veut pas rester,

Je croirai qu'en ce monde, où le suaire au lange
    Parfois peut confiner,
Vous venez pour partir, et que vous êtes l'ange
    Chargé de m'emmener.

DÉCEMBRE

I

Ah! c'est un rêve! non! nous n'y consentons point.
Dresse-toi, la colère au cœur, l'épée au poing,
France! prends ton bâton, prends ta fourche, ramasse
Les pierres du chemin, debout, levée en masse!
France! qu'est-ce que c'est que cette guerre-là?
Nous refusons Mandrin, Dieu nous doit Attila.
Toujours, quand il lui plaît d'abattre un grand empire,
Un noble peuple, en qui le genre humain respire,
Rome ou Thèbes, le sort respectueux se sert
De quelque monstre auguste et fauve du désert.
Pourquoi donc cet affront? c'est trop. Tu t'y résignes,

Toi, France? non, jamais. Certes, nous étions dignes
D'être dévorés, peuple, et nous sommes mangés !
C'est trop de s'être dit : — Nous serons égorgés
Comme Athène et Memphis, comme Troie et Solime,
Grandement, dans l'éclair d'une lutte sublime ! —
Et de se sentir mordre, en bas, obscurément,
Dans l'ombre, et d'être en proie à ce fourmillement,
Les pillages, les vols, les pestes, les famines !
D'espérer les lions, et d'avoir les vermines !

II

Vision sombre! un peuple en assassine un autre.

Et la même origine, ô Saxons, est la nôtre!
Et nous sommes sortis du même flanc profond!
La Germanie avec la Gaule se confond
Dans cette antique Europe où s'ébauche l'histoire.
Croître ensemble, ce fut longtemps notre victoire;
Les deux peuples s'aidaient, couple heureux, triomphant,
Tendre, et Caïn petit aimait Abel enfant.
Nous étions le grand peuple égal au peuple Scythe;
Et c'est de vous, Germains, et de nous, que Tacite
Disait : — Leur âme est fière. Un dieu fort les soutient.
Chez eux la femme pleure et l'homme se souvient. —

Si Rome osait risquer ses aigles dans nos landes,
Les Celtes entendaient l'appel guerrier des Vendes,
On battait le préteur, on chassait le consul,
Et Teutatès venait au secours d'Irmensul ;
On se donnait l'appui glorieux et fidèle
Tantôt d'un coup d'épée et tantôt d'un coup d'aile ;
Le même autel de pierre, étrange et plein de voix,
Faisait agenouiller sur l'herbe, au fond des bois,
Les Teutons de Cologne et les Bretons de Nante ;
Et quand la Walkyrie, ailée et frissonnante,
Traversait l'ombre, Hermann chez vous, chez nous Brennus,
Voyaient la même étoile entre ses deux seins nus.

Allemands, regardez au-dessus de vos têtes,
Dans le grand ciel, tandis qu'acharnés aux conquêtes,
Vous, Germains, vous venez poignarder les Gaulois,
Tandis que vous foulez aux pieds toutes les lois,
Plus souillés que grandis par des victoires traîtres,
Vous verrez vos aïeux saluer nos ancêtres.

III

LE MESSAGE DE GRANT

Ainsi, peuple aux efforts prodigieux enclin,
Ainsi, terre de Penn, de Fulton, de Franklin,
Vivante aube d'un monde, ô grande république,
C'est en ton nom qu'on fait vers l'ombre un pas oblique!
Trahison! par Berlin vouloir Paris détruit!
Au nom de la lumière encourager la nuit!
Quoi! de la liberté faire une renégate!
Est-ce donc pour cela que vint sur sa frégate
Lafayette donnant la main à Rochambeau?
Quand l'obscurité monte, éteindre le flambeau!
Quoi! dire : — Rien n'est vrai que la force. Le glaive,
C'est l'éblouissement suprême qui se lève.
Courbez-vous, le travail de vingt siècles a tort.
Le progrès, serpent vil, dans la fange se tord ;
Et le peuple idéal, c'est le peuple égoïste.
Rien de définitif et d'absolu n'existe.
Le maître est tout; il est justice et vérité.
Et tout s'évanouit, droit, devoir, liberté,
L'avenir qui nous luit, la raison qui nous mène,
La sagesse divine et la sagesse humaine,

6

Dogme et livre, et Voltaire aussi bien que Jésus,
Puisqu'un reître allemand met sa botte dessus ! —

Toi dont le gibet jette au monde qui commence,
Comme au monde qui va finir, une ombre immense,
John Brown, toi qui donnas aux peuples la leçon
D'un autre Golgotha sur un autre horizon,
Spectre, défais le nœud de ton cou, viens, ô juste,
Viens et fouette cet homme avec ta corde auguste !
C'est grâce à lui qu'un jour l'histoire en deuil dira :
— La France secourut l'Amérique, et tira
L'épée, et prodigua tout pour sa délivrance,
Et, peuples, l'Amérique a poignardé la France ! —

Que le sauvage, fait pour guetter et ramper,
Que le huron, orné de couteaux à scalper,
Contemplent ce grand chef sanglant, le roi de Prusse,
Certes, que le Peau-rouge admire le Borusse,
C'est tout simple ; il le voit aux brigandages prêt,
Fauve, atroce, et ce bois comprend cette forêt ;
Mais que l'homme incarnant le droit devant l'Europe,
L'homme que de rayons Colombie enveloppe,
L'homme en qui tout un monde héroïque est vivant,
Que cet homme se jette à plat ventre devant
L'affreux sceptre de fer des vieux âges funèbres,
Qu'il te donne, ô Paris, le soufflet des ténèbres,
Qu'il livre sa patrie auguste à l'empereur,
Qu'il la mêle aux tyrans, aux meurtres à l'horreur,

Qu'en ce triomphe horrible et sombre il la submerge,
Que dans ce lit d'opprobre il couche cette vierge,
Qu'il montre à l'univers, sur un immonde char,
L'Amérique baisant le talon de César,
Oh! cela fait trembler toutes les grandes tombes!
Cela remue, au fond des pâles catacombes,
Les os des fiers vainqueurs et des puissants vaincus!
Kosciusko frémissant réveille Spartacus;
Et Madison se dresse et Jefferson se lève;
Jackson met ses deux mains devant ce hideux rêve;
Déshonneur! crie Adams; et Lincoln étonné
Saigne, et c'est aujourd'hui qu'il est assassiné.

Indigne-toi, grand peuple. O nation suprême,
Tu sais de quel cœur tendre et filial je t'aime.
Amérique, je pleure. Oh! douloureux affront!
Elle n'avait encor qu'une auréole au front.
Son drapeau sidéral éblouissait l'histoire.
Washington, au galop de son cheval de gloire,
Avait éclaboussé d'étincelles les plis
De l'étendard, témoin des devoirs accomplis,
Et, pour que de toute ombre il dissipe les voiles,
L'avait superbement ensemencé d'étoiles.
Cette bannière illustre est obscurcie, hélas!
Je pleure... — Ah! sois maudit, malheureux qui mêlas
Sur le fier pavillon qu'un vent des cieux secoue
Aux gouttes de lumière une tache de boue!

IV

AU CANON LE V. H.

Écoute-moi, ton tour viendra d'être écouté.
O canon, ô tonnerre, ô guerrier redouté,
Dragon plein de colère et d'ombre, dont la bouche
Mêle aux rugissements une flamme farouche,
Pesant colosse auquel s'amalgame l'éclair,
Toi qui disperseras l'aveugle mort dans l'air,
Je te bénis. Tu vas défendre cette ville.
O canon, sois muet dans la guerre civile,
Mais veille du côté de l'étranger. Hier
Tu sortis de la forge épouvantable et fier ;
Les femmes te suivaient. Qu'il est beau ! disaient-elles.
Car les Cimbres sont là. Leurs victoires sont telles
Qu'il en sort de la honte, et Paris fait de loin
Signe aux princes qu'il prend les peuples à témoin.
La lutte nous attend ; viens, ô mon fils étrange,
Doublons-nous l'un par l'autre, et faisons un échange,

Et mets, ô noir vengeur, combattant souverain,
Ton bronze dans mon cœur, mon âme en ton airain.

O canon, tu seras bientôt sur la muraille.
Avec ton caisson plein de boîtes à mitraille,
Sautant sur le pavé, traîné par huit chevaux,
Au milieu d'une foule éclatant en bravos,
Tu t'en iras, parmi les croulantes masures,
Prendre ta place altière aux grandes embrasures
Où Paris indigné se dresse, sabre au poing.
Là ne t'endors jamais et ne t'apaise point.
Et puisque je suis l'homme essayant sur la terre
Toutes les guérisons par l'indulgence austère,
Puisque je suis, parmi les vivants en rumeur,
Au forum ou du haut de l'exil, le semeur
De la paix à travers l'immense guerre humaine,
Puisque vers le grand but où Dieu clément nous mène
J'ai, triste ou souriant, toujours le doigt levé,
Puisque j'ai, moi, songeur par les deuils éprouvé,
L'amour pour évangile et l'union pour bible,
Toi qui portes mon nom, ô monstre, sois terrible!
Car l'amour devient haine en présence du mal;
Car l'homme esprit ne peut subir l'homme animal,
Et la France ne peut subir la barbarie;
Car l'idéal sublime est la grande patrie;
Et jamais le devoir ne fut plus évident
De faire obstacle au flot sauvage débordant,
Et de mettre Paris, l'Europe qu'il transforme,

Les peuples, sous l'abri d'une défense énorme
Car si ce roi Teuton n'était pas châtié,
Tout ce que l'homme appelle espoir, progrès, pitié,
Fraternité, fuirait de la terre sans joie;
Car César est le tigre et le peuple est la proie,
Et qui combat la France attaque l'avenir;
Car il faut élever, lorsqu'on entend hennir
Le cheval d'Attila dans l'ombre formidable,
Autour de l'âme humaine un mur inabordable,
Et Rome, pour sauver l'univers du néant,
Doit être une déesse, et Pàris un géant!

C'est pourquoi des canons que la lyre a fait naître,
Que la strophe azurée enfanta, doivent être
Braqués, gueule béante, au-dessus du fossé;
C'est pourquoi le penseur frémissant est forcé
D'employer la lumière à des choses sinistres;
Devant les rois, devant le mal et ses ministres,
Devant ce grand besoin du monde, être sauvé,
Il sait qu'il doit combattre après avoir rêvé;
Il sait qu'il faut lutter, frapper, vaincre, dissoudre,
Et d'un rayon d'aurore il fait un coup de foudre.

V

PROUESSES BORUSSES

La conquête avouant sa sœur l'escroquerie,
C'est un progrès. En vain la conscience crie,
Par l'exploitation on complète l'exploit.
A l'or du voisin riche un voisin pauvre a droit.
– Au dos de la victoire on met une besace ;
En attendant qu'on ait la Lorraine et l'Alsace,
On décroche une montre au clou d'un horloger ;
On veut dans une gloire immense se plonger,
Mais briser une glace est une sotte affaire,
Il vaut mieux l'emporter ; à coup sûr on préfère
L'honneur à tout, mais l'homme a besoin de tabac,
On en vole. A travers Reichshoffen et Forbach,
A travers cette guerre où l'on eut cette chance
D'un Napoléon nain livrant la grande France,
Dans ces champs où manquaient Marceau, Hoche et Condé,
A travers Metz vendue et Strasbourg bombardé,
Parmi les cris, les morts tombés sous les mitrailles,
Montrant l'un sa cervelle et l'autre ses entrailles,

. . Les drapeaux avançant ou fuyant, les galops
Des escadrons pareils aux mers roulant leurs flots,
Au milieu de ce vaste et sinistre engrenage,
Conquérant pingre; on pense à son petit ménage;
On médite, ajoutant Shylock à Galgacus,
De meubler son amante aux dépens des vaincus;
On a pour idéal d'offrir une pendule
A quelque nymphe blonde au pied du mont Adule;
Bellone échevelée et farouche descend
Du nuage d'où sort l'éclair, d'où pleut le sang,
Et s'emploie à clouer des caisses d'emballage;
On rançonne un pays village par village;
On est terrible, mais fripon; on est des loups,
Des tigres et des ours qui seraient des filous.
On renverse un empire et l'on coupe une bourse.
César, droit sur son char, dit : Payez-moi ma course.
On massacre un pays, le sang est encor frais;
Puis on arrive avec le total de ses frais;
On tarife le meurtre, on cote la famine :
— Voilà bientôt six mois que je vous extermine;
C'est tant. Je ne saurais vous égorger à moins. —
Et l'on étonne au fond des cieux ces fiers témoins,
Les aïeux, les héros, pâles dans les nuages,
Par des hauts faits auxquels s'attachent des péages
On s'inquiète peu de ces fantômes-là;
Avec cinq milliards on rentre au Walhalla.
Pirates, d'une banque on a fait l'abordage.
On copie en rapine, en fraude, en brigandage,

Les Bédouins à l'œil louche et les Baskirs camards ;
Et Schinderhannes met le faux nez du dieu Mars.
On a pour chefs des rois escarpes, et ces princes
Ont des ministres comme un larron à des pinces ;
On foule sous ses pieds le scrupule aux abois ;
En somme, on dévalise un peuple au coin d'un bois.
On détrousse, on dépouille, on grinche, on rafle, on pille.

Peut-être est-il plus beau d'avoir pris la Bastille.

VI

LES FORTS

Ils sont les chiens de garde énormes de Paris.
Comme nous pouvons être à chaque instant surpris,
Comme une horde est là, comme l'embûche vile
Parfois rampe jusqu'à l'enceinte de la ville,
Ils sont dix-neuf épars sur les monts, qui, le soir,
Inquiets, menaçants, guettent l'espace noir,
Et, s'entr'avertissant dès que la nuit commence,
Tendent leur cou de bronze autour du mur immense.
Ils restent éveillés quand nous nous endormons,
Et font tousser la foudre en leurs rauques poumons.
Les collines parfois, brusquement étoilées,
Jettent dans la nuit sombre un éclair aux vallées ;
Le crépuscule lourd s'abat sur nous, masquant
Dans son silence un piège et dans sa paix un camp ;
Mais en vain l'ennemi serpente et nous enlace ;
Ils tiennent en respect toute une populace
De canons monstrueux, rôdant à l'horizon.
Paris bivouac, Paris tombeau, Paris prison,
Debout dans l'univers devenu solitude,
Fait sentinelle, et, pris enfin de lassitude,

S'assoupit; tout se tait, hommes, femmes, enfants,
Les sanglots, les éclats de rire triomphants,
Les pas, les chars, le quai, le carrefour, la grève,
Les mille toits d'où sort le murmure du rêve,
L'espoir qui dit je crois, la faim qui dit je meurs;
Tout fait silence; ô foule! Indistinctes rumeurs!
Sommeil de tout un monde! ô songes insondables!
On dort, on oublie... — Eux, ils sont là, formidables.

Tout à coup on se dresse en sursaut; haletant,
Morne, on prête l'oreille, on se penche... — on entend
Comme le hurlement profond d'une montagne.
Toute la ville écoute et toute la campagne
Se réveille; et voilà qu'au premier grondement
Répond un second cri, sourd, farouche, inclément,
Et dans l'obscurité d'autres fracas s'écroulent,
Et d'échos en échos cent voix terribles roulent.
Ce sont eux. C'est qu'au fond des espaces confus,
Ils ont vu se grouper de sinistres affûts,
C'est qu'ils ont des canons surpris la silhouette;
C'est que, dans quelque bois d'où s'enfuit la chouette,
Ils viennent d'entrevoir, là-bas, au bord d'un champ,
Le fourmillement noir des bataillons marchant;
C'est que dans les halliers des yeux traîtres flamboient.

Comme c'est beau ces forts qui dans cette ombre aboient

VII

A LA FRANCE

Personne pour toi. Tous sont d'accord. Celui-ci,
Nommé Gladstone, dit à tes bourreaux : Merci !
Cet autre, nommé Grant, te conspue, et cet autre,
Nommé Bancroft, t'outrage ; ici c'est un apôtre,
Là c'est un soldat, là c'est un juge, un tribun,
Un prêtre, l'un du Nord, l'autre du Sud ; pas un
Que ton sang, à grands flots versé, ne satisfasse ;
Pas un qui sur ta croix ne te crache à la face.
Hélas ! qu'as-tu donc fait aux nations ? Tu vins
Vers celles qui pleuraient, avec ces mots divins :
Joie et Paix ! — Tu criais : — Espérance ! Allégresse !
Sois puissante, Amérique, et toi sois libre, ô Grèce !
L'Italie était grande ; elle doit l'être encor.
Je le veux ! — Tu donnas à celle-ci ton or,
A celle-là ton sang, à toutes la lumière.
Tu défendis le droit des hommes, coutumière
De tous les dévoûments et de tous les devoirs.
Comme le bœuf revient repu des abreuvoirs,

Les hommes sont rentrés pas à pas à l'étable,
Rassasiés de toi, grande sœur redoutable,
De toi qui protégeas, de toi qui combattis.
Ah ! se montrer ingrats, c'est se prouver petits.
N'importe ! pas un d'eux ne te connaît. Leur foule
T'a huée, à cette heure où ta grandeur s'écroule,
Riant de chaque coup de marteau qui tombait
Sur toi, nue et sanglante et clouée au gibet.
Leur pitié plaint tes fils que la fortune amère
Condamne à la rougeur de t'avouer pour mère.
Tu ne peux pas mourir, c'est le regret qu'on a.
Tu penches dans la nuit ton front qui rayonna ;
L'aigle de l'ombre est là qui te mange le foie ;
C'est à qui reniera la vaincue ; et la joie
Des rois pillards, pareils aux bandits des Adrets,
Charme l'Europe et plaît au monde... — Ah! je voudrais,
Je voudrais n'être pas Français pour pouvoir dire
Que je te choisis, France, et que, dans ton martyre,
Je te proclame, toi que ronge le vautour,
Ma patrie et ma gloire et mon unique amour !

VIII

NOS MORTS

Ils gisent dans le champ terrible et solitaire.
Leur sang fait une mare affreuse sur la terre;
Les vautours monstrueux fouillent leur ventre ouvert;
Leurs corps farouches, froids, épars sur le pré vert,
Effroyables, tordus, noirs, ont toutes les formes
Que le tonnerre donne aux foudroyés énormes;
Leur crâne est à la pierre aveugle ressemblant;
La neige les modèle avec son linceul blanc;
On dirait que leur main lugubre, âpre et crispée,
Tâche encor de chasser quelqu'un à coups d'épée;
Ils n'ont pas de parole, ils n'ont pas de regard;
Sur l'immobilité de leur sommeil hagard
Les nuits passent; ils ont plus de chocs et de plaies
Que les suppliciés promenés sur des claies;
Sous eux rampent le ver, la larve et la fourmi;
Ils s'enfoncent déjà dans la terre à demi
Comme dans l'eau profonde un navire qui sombre;
Leurs pâles os, couverts de pourriture et d'ombre,

Sont comme ceux auxquels Ézéchiel parlait ;
On voit partout sur eux l'affreux coup de boulet,
La balafre du sabre et le trou de la lance ;
Le vaste vent glacé souffle sur ce silence ;
Ils sont nus et sanglants sous le ciel pluvieux.

O morts pour mon pays, je suis votre envieux.

IX

A QUI LA VICTOIRE DÉFINITIVE?

Sachez-le, puisqu'il faut, Teutons, qu'on vous l'apprenne,
Non, vous ne prendrez pas l'Alsace et la Lorraine;
Et c'est nous qui prendrons l'Allemagne. Écoutez :
Franchir notre frontière, entrer dans nos cités,
Voir chez nous les esprits marcher, lire nos livres,
Respirer l'air profond dont nos penseurs sont ivres,
C'est rendre à son insu son épée au progrès;
C'est boire à notre coupe, accepter nos regrets,
Nos deuils, nos maux féconds, nos vœux, nos espérances,
C'est pleurer nos pleurs; c'est envier nos souffrances;
C'est vouloir ce grand vent, la révolution;
C'est comprendre, ô Germains! ce que sait l'alcyon,
Que l'orage farouche est pour l'onde une fête,
Et que nous allons droit au but dans la tempête,
En lui laissant briser nos mâts et nos agrès.

Les rois donnent aux champs les peuples pour engrais.
Et ce meurtre s'appelle ensuite la victoire;
Ils jettent Austerlitz ou Rosbach à l'histoire,
Et disent : c'est fini. — Laissons le temps passer.

Ce qui vient de finir, ô rois, va commencer.
Oui, les peuples sont morts, mais le peuple va naître.
A travers les rois l'aube invincible pénètre ;
L'aube c'est la Justice et c'est la Liberté.
Le conquérant se sent conquis. Dompteur dompté,
Il s'étonne ; en son cœur plein d'une vague honte,
Une construction mystérieuse monte ;
Belluaire imbécile entré chez un esprit,
Il est la bête. Il voit l'idéal qui sourit,
Il tremble, et n'ayant pu le tuer, il l'adore.
Le glacier fond devant le rayon qui le dore.
Un jour, comme en chantant Linus lui remuait
Sa montagne, Titan, roi du granit muet,
Cria : ne bouge pas, roche glacée et lourde !
La roche répondit : crois-tu que je sois sourde ?
Ainsi la masse écoute et songe ; ainsi s'émeut,
Quand mai des rameaux noirs vient desserrer le nœud,
Quand la séve entre et court dans les branches nouvelles,
L'arbre qu'emplissait l'ombre et qu'empliront les ailes.
L'homme a d'informes blocs dans l'esprit, préjugés,
Vice, erreur, dogmes faux d'égoïsme rongés ;
Mais que devant lui passe une voix, un exemple,
Toutes ces pierres vont faire en son âme un temple.
Homme ! Thèbe éternelle en proie aux Amphions !

Ah ! délivrez-vous donc, nous vous en défions,
Allemands, de Pascal, de Danton, de Voltaire !
Teutons, délivrez-vous de l'effrayant mystère

Du progrès qui se fait sa part à tout moment,
De la création maîtresse obscurément,
Du vrai démuselant l'ignorance sauvage,
Et du jour qui réduit toute âme en esclavage !
Esclavage superbe ! obéissance au droit
Par qui l'erreur s'écroule et la raison s'accroît !
Délivrez-vous des monts qui vous offrent leur cime !
Délivrez-vous de l'aile inconnue et sublime
Que vous ne voyez pas et que vous avez tous !
Délivrez-vous du vent que nous soufflons sur vous !
Délivrez-vous du monde ignoré qui commence,
Du devoir, du printemps et de l'espace immense !
Délivrez-vous de l'eau, de la terre, de l'air,
Et de notre Corneille et de votre Schiller,
De vos poumons voulant respirer, des prunelles
Qui vous montrent là-haut les clartés éternelles,
De la vérité, vraie à toute heure, en tout lieu,
D'aujourd'hui, de demain... — Délivrez-vous de Dieu !
Ah ! vous êtes en France, Allemands ! prenez garde.
Ah ! barbarie ! ah ! foule imprudente et hagarde,
Vous accourez avec des glaives ! ah ! vos camps,
Tels que l'ardent limon vomi par les volcans,
Roulent jusqu'à Paris hors de votre cratère !
Ah ! vous venez chez nous nous prendre un peu de terre !
Eh bien, nous vous prendrons tout votre cœur !

                                        Demain,
Demain, le but français étant le but humain,

Vous y courrez. Oui, vous, grande nation noire,
Vous irez à l'émeute, à la lutte, à la gloire,
A l'épreuve, aux grands chocs, aux sublimes malheurs,
Aux révolutions, comme l'abeille aux fleurs!
Hélas! vous tuez ceux par qui vous devez vivre!
Qu'importe la fanfare enflant ses voix de cuivre,
Ces guerres, ces fracas furieux, ces blocus!
Vous semblez nos vainqueurs, vous êtes nos vaincus.
Comme l'océan filtre au fond des madrépores,
Notre pensée en vous entre par tous les pores ;
Demain vous maudirez ce que nous détestons ;
Et vous ne pourrez pas vous en aller, Teutons,
Sans avoir fait ici provision de haine
Contre Pierre et César, contre l'ombre et la chaîne ;
Car nos regards de deuil, de colère et d'effroi,
Passent par-dessus vous, peuple, et frappent le roi!
Vous qui fûtes longtemps la pauvre tourbe aveugle
Gémissant au hasard comme le taureau beugle,
Vous puiserez chez nous l'altière volonté
D'exister, et d'avoir au front une clarté ;
Et le ferme dessein n'aura rien de vulgaire
Que vous emporterez dans votre sac de guerre ;
Ce sera l'âpre ardeur de faire comme nous,
Et d'être tous égaux et d'être libres tous ;
Allemands, ce sera l'intention formelle
De foudroyer ce tas de trônes pêle-mêle,
De tendre aux nations la main, et de n'avoir
Pour maître que le droit, pour chef que le devoir ;

Afin que l'univers sache, s'il le demande,
Que l'Allemagne est forte et que la France est grande;
Que le Germain candide est enfin triomphant,
Et qu'il est l'homme peuple et non le peuple enfant !

Vos hordes aux yeux bleus se mettront à nous suivre
Avec la joie étrange et superbe de vivre
Et le contentement profond de n'avoir plus
D'enclumes pour forger des glaives superflus.
Le plus poignant motif que sur terre on rencontre
D'être pour la raison, c'est d'avoir été contre;
On sert le droit avec d'autant plus de vertu
Qu'on a le repentir de l'avoir combattu.
L'Allemagne, de tant de meurtres inondée,
Sera la prisonnière auguste de l'idée;
Car on est d'autant plus captif qu'on fut vainqueur;
Elle ne pourra pas rendre à la nuit son cœur;
L'Allemand ne pourra s'évader de son âme
Dont nous aurons changé la lumière et la flamme,
Et se reconnaîtra Français, en frémissant
De baiser nos pieds, lui qui buvait notre sang !

Non, vous ne prendrez pas la Lorraine et l'Alsace,
Et je vous le redis, Allemands, quoi qu'on fasse,
C'est vous qui serez pris par la France. Comment?
Comme le fer est pris dans l'ombre par l'aimant
Comme la vaste nuit est prise par l'aurore;
Comme avec ses rochers, où dort l'écho sonore,

Ses cavernes, ses trous de bêtes, ses halliers,
Et son horreur sacrée et ses loups familiers,
Et toute sa feuillée informe qui chancelle,
Le bois lugubre est pris par la claire étincelle.
Quand nos éclairs auront traversé vos massifs ;
Quand vous aurez subi, puis savouré, pensifs,
Cet air de France où l'âme est d'autant plus à l'aise
Qu'elle y sent vaguement flotter la Marseillaise ;
Quand vous aurez assez donné vos biens, vos droits,
Votre honneur, vos enfants, à dévorer aux rois ;
Quand vous verrez César envahir vos provinces ;
Quand vous aurez pesé de deux façons vos princes,
Quand vous vous serez dit : ces maîtres des humains
Sont lourds à notre épaule et légers dans nos mains ;
Quand, tout ceci passé, vous verrez les entailles
Qu'auront faites sur nous et sur vous les batailles ;
Quand ces charbons ardents dont en France les plis
Des drapeaux, des linceuls, des âmes, sont remplis,
Auront ensemencé vos profondeurs funèbres,
Quand ils auront creusé lentement vos ténèbres,
Quand ils auront en vous couvé le temps voulu ;
Un jour, soudain, devant l'affreux sceptre absolu,
Devant les rois, devant les antiques Sodomes,
Devant le mal, devant le joug, vous, forêt d'hommes,
Vous aurez la colère énorme qui prend feu ;
Vous vous ouvrirez, gouffre, à l'ouragan de Dieu ;
Gloire au Nord ! ce sera l'aurore boréale
Des peuples, éclairant une Europe idéale !

Vous crierez : — Quoi ! des rois ! quoi donc ! un empereur ! —
Quel éblouissement, l'Allemagne en fureur !
Va, peuple ! O vision ! combustion sinistre
De tout le noir passé, prêtre, autel, roi, ministre,
Dans un brasier de foi, de vie et de raison,
Faisant une lueur immense à l'horizon !
Frères, vous nous rendrez notre flamme agrandie.
Nous sommes le flambeau, vous serez l'incendie.

JANVIER

1871

I

1ᵉʳ JANVIER

Enfants, on vous dira plus tard que le grand-père
Vous adorait ; qu'il fit de son mieux sur la terre,
Qu'il eut fort peu de joie et beaucoup d'envieux,
Qu'au temps où vous étiez petits il était vieux,
Qu'il n'avait pas de mots bourrus ni d'airs moroses,
Et qu'il vous a quittés dans la saison des roses ;
Qu'il est mort, que c'était un bonhomme clément ;
Que, dans l'hiver fameux du grand bombardement,
Il traversait Paris tragique et plein d'épées
Pour vous porter des tas de jouets, des poupées
Et des pantins faisant mille gestes bouffons ;
Et vous serez pensifs sous les arbres profonds.

II

LETTRE A UNE FEMME

(PAR BALLON MONTÉ, 10 JANVIER)

Paris terrible et gai combat. Bonjour, madame.
On est un peuple, on est un monde, on est une âme.
Chacun se donne à tous et nul ne songe à soi.
Nous sommes sans soleil, sans appui, sans effroi.
Tout ira bien pourvu que jamais on ne dorme.
Schmitz fait des bulletins plats sur la guerre énorme;
C'est Eschyle traduit par le père Brumoy.
J'ai payé quinze francs quatre œufs frais, non pour moi,
Mais pour mon petit George et ma petite Jeanne.
Nous mangeons du cheval, du rat, de l'ours, de l'âne.
Paris est si bien pris, cerné, muré, noué,
Gardé, que notre ventre est l'arche de Noé ;
Dans nos flancs toute bête, honnête ou mal famée,
Pénètre, et chien et chat, le mammon, le pygmée,
Tout entre, et la souris rencontre l'éléphant.
Plus d'arbres ; on les coupe, on les scie, on les fend ;
Paris sur ses chenets met les Champs-Élysées.
On a l'onglée aux doigts et le givre aux croisées,

Plus de feu pour sécher le linge des lavoirs,
Et l'on ne change plus de chemise. Les soirs
Un grand murmure sombre abonde au coin des rues,
C'est la foule; tantôt ce sont des voix bourrues,
Tantôt des chants, parfois de belliqueux appels.
La Seine lentement traîne des archipels
De glaçons hésitants, lourds, où la canonnière
Court, laissant derrière elle une écumante ornière.
On vit de rien, on vit de tout, on est content.
Sur nos tables sans nappe, où la faim nous attend,
Une pomme de terre arrachée à sa crypte
Est reine, et les oignons sont dieux comme en Égypte.
Nous manquons de charbon, mais notre pain est noir.
Plus de gaz; Paris dort sous un large éteignoir;
A six heures du soir, ténèbres. Des tempêtes
De bombes font un bruit monstrueux sur nos têtes.
D'un bel éclat d'obus j'ai fait mon encrier.
Paris assassiné ne daigne pas crier.
Les bourgeois sont de garde autour de la muraille;
Ces pères, ces maris, ces frères qu'on mitraille,
Coiffés de leurs képis, roulés dans leurs cabans,
Guettent ayant pour lit la planche de leurs bancs.
Soit. Moltke nous canonne et Bismarck nous affame.
Paris est un héros, Paris est une femme;
Il sait être vaillant et charmant; ses yeux vont
Souriants et pensifs, dans le grand ciel profond,
Du pigeon qui revient au ballon qui s'envole.
C'est beau : le formidable est sorti du frivole.

Moi, je suis là, joyeux de ne voir rien plier.
Je dis à tous d'aimer, de lutter, d'oublier,
De n'avoir d'ennemi que l'ennemi; je crie :
Je ne sais plus mon nom, je m'appelle Patrie!
Quant aux femmes, soyez très-fière, en ce moment
Où tout penche, elles sont sublimes simplement.
Ce qui fit la beauté des Romaines antiques*,
C'étaient leurs humbles toits, leurs vertus domestiques,
Leurs doigts que l'âpre laine avait faits noirs et durs,
Leurs courts sommeils, leur calme, Annibal près des murs
Et leurs maris debout sur la porte Colline.
Ces temps sont revenus. La géante féline,
La Prusse tient Paris, et, tigresse, elle mord
Ce grand cœur palpitant du monde à moitié mort.
Eh bien, dans ce Paris, sous l'étreinte inhumaine,
L'homme n'est que Français, et la femme est Romaine.
Elles acceptent tout, les femmes de Paris,
Leur âtre éteint, leurs pieds par le verglas meurtris,
Au seuil noir des bouchers les attentes nocturnes,
La neige et l'ouragan vidant leurs froides urnes,
La famine, l'horreur, le combat, sans rien voir
Que la grande patrie et que le grand devoir ;

---

* Præstabat castas humilis fortuna Latinas,
Casulæ, somnique breves, et vellere tusco
Vexatæ duræque manus, et proximus urbis
Annibal, et stantes Collina in turre mariti.

                              JUVÉNAL.

Et Juvénal au fond de l'ombre est content d'elles.
Le bombardement fait gronder nos citadelles.
Dès l'aube, le tambour parle au clairon lointain ;
La diane réveille, au vent frais du matin,
La grande ville pâle et dans l'ombre apparue ;
Une vague fanfare erre de rue en rue.
On fraternise, on rêve un succès ; nous offrons
Nos cœurs à l'espérance, à la foudre nos fronts.
La ville par la gloire et le malheur élue
Voit arriver les jours terribles et salue.
Eh bien, on aura froid ! eh bien, on aura faim !
Qu'est cela? C'est la nuit. Et que sera la fin?
L'aurore. Nous souffrons, mais avec certitude.
La Prusse est le cachot et Paris est Latude.
Courage ! on refera l'effort des jours anciens.
Paris avant un mois chassera les Prussiens.
Ensuite nous comptons, mes deux fils et moi, vivre
Aux champs, auprès de vous, qui voulez bien nous suivre,
Madame, et nous irons en mars vous en prier
Si nous ne sommes pas tués en février.

III

BÊTISE DE LA GUERRE

Ouvrière sans yeux, Pénélope imbécile,
Berceuse du chaos où le néant oscille,
Guerre, ô guerre occupée au choc des escadrons,
Toute pleine du bruit furieux des clairons,
O buveuse de sang, qui, farouche, flétrie,
Hideuse, entraînes l'homme en cette ivrognerie,
Nuée où le destin se déforme, où Dieu fuit,
Où flotte une clarté plus noire que la nuit,
Folle immense, de vent et de foudres armée,
A quoi sers-tu, géante, à quoi sers-tu, fumée,
Si tes écroulements reconstruisent le mal,
Si pour le bestial tu chasses l'animal,
Si tu ne sais, dans l'ombre où ton hasard se vautre,
Défaire un empereur que pour en faire un autre ?

IV

Non, non, non! Quoi! ce roi de Prusse suffirait!
Quoi! Paris, ce lieu saint, cette cité forêt,
Cette habitation énorme des idées
Vers qui par des lueurs les âmes sont guidées,
Ce tumulte enseignant la science aux savants,
Ce grand lever d'aurore au milieu des vivants,
Paris, sa volonté, sa loi, son phénomène,
Sa consigne donnée à l'avant-garde humaine,
Son Louvre qu'a puni sa Grève, son beffroi
D'où sort tant d'espérance et d'où sort tant d'effroi,
Ses toits, ses murs, ses tours, son étrange équilibre
De Notre-Dame esclave et du Panthéon libre;
Quoi! cet infini, quoi! ce gouffre, cet amas,
Ce navire idéal aux invisibles mâts,
Paris, et sa moisson qu'il fauche et qu'il émonde,
Sa croissance mêlée à la grandeur du monde,
Ses révolutions, son exemple, et le bruit
Du prodige qu'au fond de sa forge il construit,

Quoi! ce qu'il fonde, invente, ébauche, essaie, et crée,
Quoi! l'avenir couvé sous son aile sacrée,
Tout s'évanouirait dans un coup de canon!
Quoi! ton rêve, ô Paris, serait un rêve! non.

Paris est du progrès toute la réussite.
Qu'importe que le Nord roule son noir Cocyte,
Et qu'un flot de passants le submerge aujourd'hui,
Les siècles sont pour lui si l'heure est contre lui.
Il ne périra pas.

        Quand la tempête gronde,
Mes amis, je me sens une foi plus profonde;
Je sens dans l'ouragan le devoir rayonner,
Et l'affirmation du vrai s'enraciner.
Car le péril croissant n'est pour l'âme autre chose
Qu'une raison de croître en courage, et la cause
S'embellit, et le droit s'affermit, en souffrant,
Et l'on semble plus juste alors qu'on est plus grand.
Il m'est fort malaisé, quant à moi, de comprendre
Qu'un lutteur puisse avoir un motif de se rendre;
Je n'ai jamais connu l'art de désespérer;
Il faut pour reculer, pour trembler, pour pleurer,
Pour être lâche, et faire avec l'honneur divorce,
Se donner une peine au-dessus de ma force.

V

SOMMATION

Laissez-la donc aller cette France immortelle!
Ne la conduisez pas! Et quel besoin a-t-elle
De vous, soldat vaillant, mais enclin à charger
Les saints du ciel du soin d'écarter le danger?
Pour Paris dont on voit flamboyer la couronne
A travers le nuage impur qui l'environne,
Pour ce monde en péril, pour ce peuple en courroux,
Vous êtes trop pieux, trop patient, trop doux ;
Et ce sont des vertus dont nous n'avons que faire.
Vous croyez-vous de force à remorquer la sphère
Qui, superbe, impossible à garder en prison,
Sort de l'ombre au-dessus du sinistre horizon?
Laissez la France, énorme étoile échevelée,
Des ouragans hideux dissiper la mêlée,
Et combattre, et, splendeur irritée, astre épars,
Géante, tenir tête aux rois de toutes parts,
Vider son carquois d'or sur tous ces Schinderhannes;
Secouer sa crinière ardente; et dans leurs crânes,

Dans leurs casques d'airain, dans leurs fronts, dans leurs yeu:
Dans leurs cœurs, enfoncer ses rayons furieux !

Vous ne comprenez pas cette haine sacrée.
L'heure est sombre; il s'agit de sauver l'empyrée
Qu'une nuée immonde et triste vient ternir,
De dégager le bleu lointain de l'avenir,
Et de faire une guerre implacable à l'abîme;
Vous voyez en tremblant Paris être sublime;
Et vous craignez, esprit myope et limité,
Cette démagogie immense de clarté.
Ah! laissez cette France, espèce d'incendie
Dont la flamme indomptable est par les vents grandie,
Rugir, cribler d'éclairs la brume qui s'enfuit,
Et faire repentir les princes de la nuit
D'être venus jeter sur le volcan solaire
Leur fange, et d'avoir mis la lumière en colère!
L'aube, pour ces rois vils, difformes, teints de sang,
Devient épouvantable en s'épanouissant;
Laissez s'épanouir là-haut cette déesse!
Ne gênez pas, vous fait pour qu'on vous mène en laisse,
La grande nation qui ne veut pas de frein.
Laissez la Marseillaise ivre de son refrain
Se ruer éperdue à travers les batailles.
La lumière est un glaive; elle fait des entailles
Dans le nuage ainsi qu'un bélier dans la tour;
Laissez donc s'accomplir la revanche du jour!
Vous l'entravez au lieu de l'aider. Dans l'outrage,

Un grand peuple doit être admirable avec rage.
Quand l'obscurité fauve et perfide a couvert
La plaine, et fait un champ sépulcral du pré vert,
Du bois un ennemi, du fleuve un précipice,
Quand elle a protégé de sa noirceur propice
Toutes les trahisons des renards et des loups,
Quand tous les êtres bas, visqueux, abjects, jaloux,
L'affreux lynx, le chacal boiteux, l'hyène obscène,
L'aspic lâche, ont pu, grâce à la brume malsaine,
Sortir, rôder, glisser, ramper, boire du sang,
Le matin vient ainsi qu'un vengeur, et l'on sent
De l'indignation dans le jour qui se lève.
Quand Guillaume, ce spectre, et la Prusse, ce rêve,
Quand la meute des rois voraces, quand l'essaim
De tous les noirs oiseaux qu'anime un vil dessein
Et que l'instinct féroce aux carnages attire,
Quand la guerre, à la fois larron, hydre et satyre,
Quand les fléaux, que l'ombre inexorable suit,
Envahissent l'azur des peuples, font la nuit,
Ne vous en mêlez pas, vous soldat cher au prêtre ;
Laissez la France au seuil des gouffres apparaître,
Se dresser, empourprer les cimes, resplendir,
Et, dardant en tous sens, du zénith au nadir,
Son éblouissement qui sauve et qui dévore,
Terrible, délivrer le ciel à coups d'aurore !

8

VI

UNE BOMBE AUX FEUILLANTINES

Qu'es-tu? quoi, tu descends de là-haut, misérable!
Quoi! toi, le plomb, le feu, la mort, l'inexorable,
Reptile de la guerre au sillon tortueux,
Quoi! toi, l'assassinat cynique et monstrueux
Que les princes du fond des nuits jettent aux hommes,
Toi, crime, toi, ruine et deuil, toi qui te nommes
Haine, effroi, guet-apens, carnage, horreur, courroux,
C'est à travers l'azur que tu t'abats sur nous!
Chute affreuse de fer, éclosion infâme,
Fleur de bronze éclatée en pétales de flamme,

O vile foudre humaine, ô toi par qui sont grands
Les bandits, et par qui sont divins les tyrans,
Servante des forfaits royaux, prostituée,
Par quel prodige as-tu jailli de la nuée?
Quelle usurpation sinistre de l'éclair !
Comment viens-tu du ciel, toi qui sors de l'enfer !

L'homme que tout à l'heure effleura ta morsure,
S'était assis pensif au coin d'une masure.
Ses yeux cherchaient dans l'ombre un rêve qui brilla;
Il songeait ; il avait, tout petit, joué là;
Le passé devant lui, plein de voix enfantines,
Apparaissait; c'est là qu'étaient les Feuillantines;
Ton tonnerre idiot foudroie un paradis.
Oh ! que c'était charmant! comme on riait jadis!
Vieillir, c'est regarder une clarté décrue.
Un jardin verdissait où passe cette rue.
L'obus achève, hélas, ce qu'a fait le pavé.
Ici les passereaux pillaient le senevé,
Et les petits oiseaux se cherchaient des querelles;
Les lueurs de ce bois étaient surnaturelles;
Que d'arbres! quel air pur dans les rameaux tremblants !
On fut la tête blonde, on a des cheveux blancs;
On fut une espérance et l'on est un fantôme.
Oh! comme on était jeune à l'ombre du vieux dôme!
Maintenant on est vieux comme lui. Le voilà.
Ce passant rêve. Ici son âme s'envola
Chantante, et c'est ici qu'à ses vagues prunelles

Apparurent des fleurs qui semblaient éternelles.
Ici la vie était de la lumière ; ici
Marchait, sous le feuillage en avril épaissi,
Sa mère qu'il tenait par un pan de sa robe.
Souvenirs ! comme tout brusquement se dérobe !
L'aube ouvrant sa corolle à ses regards a lui
Dans ce ciel où flamboie en ce moment sur lui
L'épanouissement effroyable des bombes.
O l'ineffable aurore où volaient des colombes !
Cet homme, que voici lugubre, était joyeux.
Mille éblouissements émerveillaient ses yeux.
Printemps ! en ce jardin abondaient les pervenches,
Les roses, et des tas de pâquerettes blanches
Qui toutes semblaient rire au soleil se chauffant,
Et lui-même était fleur, puisqu'il était enfant.

VII

LE PIGEON

Sur terre un gouffre d'ombre énorme où rien ne luit,
Comme si l'on avait versé là de la nuit,
Et qui semble un lac noir; dans le ciel un point sombre.

Lac étrange. Des flots, non, mais des toits sans nombre ;
Des ponts comme à Memphis, des tours comme à Sion ;
Des têtes, des regards, des voix; ô vision !
Cette stagnation de ténèbres murmure,
Et ce lac est vivant, une enceinte le mure.
Et sur lui de l'abîme on croit voir l'affreux sceau.

Le lac sombre est la ville, et le point noir l'oiseau ;
Le vague alérion vole au peuple fantôme ;
Et l'un vient au secours de l'autre. C'est l'atome
Qui vient dans l'ombre en aide au colosse.

                                        L'oiseau
Ignore, et, doux lutteur, à travers ce réseau

De nuée et de vent qui flotte dans l'espace,
Il vole, il a son but, il veut, il cherche, il passe,
Reconnaissant d'en haut fleuves, arbres, buissons,
Par-dessus la rondeur des blêmes horizons.
Il songe à sa femelle, à sa douce couvée,
Au nid, à sa maison, pas encor retrouvée,
Au roucoulement tendre, au mois de mai charmant;
Il vole; et cependant, au fond du firmament,
Il traîne à son insu toute notre ombre humaine;
Et tandis que l'instinct vers son toit le ramène
Et que sa petite âme est toute à ses amours,
Sous sa plume humble et frêle il a les noirs tambours,
Les clairons, la mitraille éclatant par volées,
La France et l'Allemagne éperdument mêlées,
La bataille, l'assaut, les vaincus, les vainqueurs,
Et le chuchotement mystérieux des cœurs,
Et le vaste avenir qui, fatal, enveloppe
Dans le sort de Paris le destin de l'Europe.

Oh! qu'est-ce que c'est donc que l'Inconnu qui fait
Croître un germe malgré le roc qui l'étouffait;
Qui, tenant, maniant, mêlant les vents, les ondes,
Les tonnerres, la mer où se perdent les sondes,
Pour faire ce qui vit prenant ce qui n'est plus,
Maître des infinis, a tous les superflus,
Et qui, puisqu'il permet la faute, la misère,
Le mal, semble parfois manquer du nécessaire;
Qui pour une hirondelle édifie un donjon,

Qui pour créer un lis, ou gonfler un bourgeon,
Ou pousser une feuille à travers les écorces,
Prodigue l'océan mystérieux des forces ;
Qui n'a l'air de savoir que faire de l'amas
Des neiges, et de l'urne obscure des frimas
Toujours prête à noyer les cieux ; qui parfois semble,
Laissant dépendre tout d'un point d'appui qui tremble
D'un roseau, d'un hasard, d'un souffle aérien,
S'épuiser en efforts prodigieux pour rien ;
Qui se sert d'un titan moins bien que d'un pygmée ;
Qui dépense en colère inutile, en fumée,
Tous ces géants, Vésuve, Etna, Chimborazo,
Et fait porter un monde à l'aile d'un oiseau !

VIII

LA SORTIE

L'aube froide blêmit, vaguement apparue.
Une troupe défile en ordre dans la rue;
Je la suis, entraîné par ce grand bruit vivant
Que font les pas humains quand ils vont en avant.
Ce sont des citoyens partant pour la bataille.
Purs soldats! Dans les rangs, plus petit par la taille,
Mais égal par le cœur, l'enfant avec fierté
Tient par la main son père, et la femme à côté
Marche avec le fusil du mari sur l'épaule.
C'est la tradition des femmes de la Gaule
D'aider l'homme à porter l'armure, et d'être là,
Soit qu'on nargue César, soit qu'on brave Attila.

Que va-t-il se passer? L'enfant rit, et la femme
Ne pleure pas. Paris subit la guerre infâme;
Et les Parisiens sont d'accord sur ceci
Que par la honte seule un peuple est obscurci,
Que les aïeux seront contents, quoi qu'il arrive,
Et que Paris mourra pour que la France vive.
Nous garderons l'honneur; le reste nous l'offrons.
Et l'on marche. Les yeux sont indignés, les fronts
Sont pâles; on y lit : Foi, Courage, Famine.
Et la troupe à travers les carrefours chemine,
Tête haute, élevant son drapeau, saint haillon;
La famille est toujours mêlée au bataillon;
On ne se quittera que là-bas aux barrières.
Ces hommes attendris et ces femmes guerrières
Chantent; du genre humain Paris défend les droits.
Une ambulance passe, et l'on songe à ces rois
Dont le caprice fait ruisseler des rivières
De sang sur le pavé derrière les civières.
L'heure de la sortie approche; les tambours
Battent la marche en foule au fond des vieux faubourgs;
Tous se hâtent; malheur à toi qui nous assiéges!
Ils ne redoutent pas les piéges, car les piéges
Que trouvent les vaillants en allant devant eux
Font le vaincu superbe et le vainqueur honteux.
Ils arrivent aux murs, ils rejoignent l'armée.
Tout à coup le vent chasse un flocon de fumée;
Halte! c'est le premier coup de canon. Allons!
Un long frémissement court dans les bataillons,

Le moment est venu, les portes sont ouvertes,
Sonnez, clairons! Voici là-bas les plaines vertes,
Les bois où rampe au loin l'invisible ennemi,
Et le traître horizon, immobile, endormi,
Tranquille, et plein pourtant de foudres et de flammes.
On entend des voix dire : Adieu! — Nos fusils, femmes!
Et les femmes, le front serein, le cœur brisé,
Leur rendent leur fusil après l'avoir baisé.

IX

DANS LE CIRQUE

Le lion du midi voit venir l'ours polaire.
L'ours court droit au lion, grince, et, plein de colère,
L'attaque, plus grondant que l'autan nubien.
Et le lion lui dit : Imbécile ! c'est bien.
Nous sommes dans le cirque, et tu me fais la guerre.
Pourquoi? Vois-tu là-bas cet homme au front vulgaire?
C'est un nommé Néron, empereur des Romains.
Tu combats pour lui. Saigne, il rit, il bat des mains.
Nous ne nous gênions pas dans la grande nature,
Frère, et le ciel sur nous fait la même ouverture,
Et tu ne vois pas moins d'astres que je n'en vois.
Que nous veut donc ce maître assis sur un pavois?
Il est content; et nous, nous mourons par son ordre;
Et c'est à lui de rire et c'est à nous de mordre.
Il nous fait massacrer l'un par l'autre; et, pendant,
Frère, que mon coup d'ongle attend ton coup de dent,

] est là sur son trône et nous regarde faire.
Nos tourments sont ses jeux; il est d'une autre sphère.
Frère, quand nous versons à ruisseaux notre sang,
Il appelle cela de la pourpre. Innocent,
Niais, viens m'attaquer. Soit. Mes griffes sont prêtes;
Mais je pense et je dis que nous sommes des bêtes
De nous entretuer avec tant de fureur,
Et que nous ferions mieux de manger l'empereur.

X

APRÈS LES VICTOIRES DE BAPAUME

DE DIJON ET DE VILLERSEXEL

Côté des hommes. Soit. C'est le meilleur côté ;
Je le veux bien. Pourtant naguère j'ai noté,
Pour les mettre à profit, les choses fort honnêtes
Que le lion disait à l'ours ; côté des bêtes.
C'est à peu près ceci :

      — L'ours ! il est peu moral
De venir, dans l'espoir de passer caporal,
M'attaquer, moi qui suis ton frère ayant des ongles.
L'ours ! tu vis dans la neige et je vis dans les jongles ;
Tu viens du nord, je suis du midi. Ce Néron
N'est rien qu'un nom hideux soufflé dans un clairon.
Il a pris un morceau de l'Europe quelconque ;
Cent hérauts, appliquant leurs bouches à leur conque,
Précèdent ce tueur qui vainquit par hasard ;
César fut crocodile et Néron est lézard ;
L'un est le grand, et l'autre est le petit. Mon frère,
Méprisons ces gens-là. Nous battre ! pourquoi faire ?

J'affirme qu'il serait beaucoup plus à propos
D'aller droit à Néron, et, malgré ses troupeaux,
De garde éthiopienne et de garde sicambre,
D'en empoigner chacun tranquillement un membre,
Déshabiller Néron de sa peaù de César
Me plairait ; envoyer ma ruade à son char
Me tente ; il sied parfois qu'une griffe efficace
Fouille une majesté jusque dans la carcasse,
Et nous verrions peut-être en vidant ce vainqueur,
Toi, qu'il est sans cervelle, et moi, qu'il est sans cœur.
Mordre son maître est doux ; je pense que nos gueules,
Si la mode en venait, ne resteraient pas seules.
Tout ce tas d'animaux battus, rampant, grondant,
Paierait les coups de fouet avec des coups de dent.
Ce serait beau. La terre est pour nous assez ample ;
Aimons-nous. Mon avis, puisqu'il s'agit d'exemple,
Est d'en donner un bon et non pas un mauvais.
Quant à ce tyran-ci, j'ai faim, et j'y rêvais.
Est-il César ? est-il Néron ? que nous importe !
Quelque tache qu'il ait, quelque laurier qu'il porte,
Frère, il n'éveille en moi que le même appétit ;
Je le dévore grand, je le mange petit.

L'ours n'ayant pas compris ces paroles d'un sage,
Le grand lion clément lui griffa le visage
Et l'éborgna ; si bien que l'ours, devant témoins,
Eut la honte de plus avec un œil de moins.

XI

ENTRE DEUX BOMBARDEMENTS

Dès votre premier cri, Jeanne, vous excitiez
Nos admirations autant que nos pitiés ;
Vous naissiez ; vous aviez cette toute-puissance,
La grâce ; vous étiez la crèche qu'on encense,
L'humble marmot divin qui n'a point encor d'yeux,
Et qu'une étoile vient chercher du haut des cieux ;
Puis vous eûtes six jours, vous eûtes six semaines,
Puis six mois, lueur frêle en nos ombres humaines.
Jeanne, vous avancez en âge cependant ;
Vous avez des cheveux, vous avez une dent,
Et vous voilà déjà presque un grand personnage.
En vous à peine un peu du nouveau-né surnage ;
Vous voulez être à terre ; il vous faut le péril,
La marche, et le maillot vous semble puéril ;
Votre frère plus vieux chante la Marseillaise ;
Il a deux ans ; et vous, vous grimpez sur ma chaise,
Ou, fière, vous rampez derrière un paravent ;
Vous voulez un jouet savant, même vivant ;

Avec un jeune chat vous êtes en ménage ;
La croissance vous tient dans son souple engrenage
Et remplace l'enfant qui vagit par l'enfant
Qui jase, et l'humble cri par le cri triomphant ;
L'ange qui mange rit de l'ange à la mamelle ;
Vous vous transfigurez sans cesse, et le temps mêle
A la Jeanne d'hier la Jeanne d'aujourd'hui.
A chaque pas qu'il fait, l'enfant derrière lui
Laisse plusieurs petits fantômes de lui-même.

On se souvient de tous, on les pleure, on les aime,
Et ce seraient des morts s'il n'était vivant, lui.
Déjà plus d'une étoile en ce doux astre a lui.
Il semble qu'en cet être enchanté, pour nous plaire,
Chaque âge tour à tour donne son exemplaire ;
C'est un soleil levant que ce petit destin !
Car le sort est masqué de rayons le matin ;
Et les blancheurs de l'aube, aimable et chaste fête,
Viennent l'une après l'autre entourer cette tête
Et lui faire on ne sait quel pur couronnement.
On dirait que la vie, avec un soin charmant,
Essaie à ce jésus toutes les auréoles,
Se préparant ainsi par les caresses molles,
Les roses, les baisers, le rire frais et prompt,
A lui mettre plus tard les épines au front.

XII

Mais, encore une fois, qui donc à ce pauvre homme
A livré ce Paris qui contient Sparte et Rome?
Où donc a-t-on été chercher ce guide-là?
Qui donc à nos destins terribles le mêla?
Ainsi, lorsqu'il s'agit de s'évader du gouffre,
De sortir du chaos qui menace et qui souffre,
De dissiper la nuit, de monter au-dessus
Des nuages profonds dans l'abîme aperçus
Et de verser l'aurore aux vagues infinies,
Nous ne nous fions plus à ces quatre génies,
Audace, Humanité, Volonté, Liberté,
Qui traînent dans les cieux le char de la clarté,
Et que tu fais bondir sous ta main familière,
France; on prend pour meneur et pour auxiliaire
On ne sait quel pauvre être obscurément conduit,
Lent et fidèle, ayant derrière lui la nuit,
Dont le suprême instinct serait d'être immobile,

9

Et qui, tâtant l'espace et tendant sa sébile,
Sans tactique, sans but, sans colère, sans art,
Attend de l'inconnu l'aumône d'un hasard !
C'est le moment de mettre en fuite l'ombre noire
Et d'ouvrir cette porte altière, la victoire ;
On ne se croirait pas guidé, gardé, ni sûr
De pouvoir s'enfoncer fièrement dans l'azur,
Et d'échapper aux chocs, aux fureurs, aux huées,
Aux coups de fronde, aux vents, à travers les nuées,
Et d'éviter l'écueil, la chute, le récif,
Si cet humble petit marcheur, morne et poussif,
Rêveur comme la taupe, utile comme l'âne,
Ne complétait l'énorme attelage qui plane !
Quoi ! dans l'heure où la France est en péril, ayant
Pour tirer hors des flots le quadrige effrayant
Les quatre esprits géants qui brisent tous les voiles,
Monstres dont la crinière est mêlée aux étoiles
Et que suit, essoufflé, l'essaim des aquilons,
Nous disons : Ce n'est pas assez ! et nous voulons
Un renfort, et, voyant le précipice immense,
Voyant l'ombre qu'il faut franchir, notre démence,
Devant le noir nadir et le zénith vermeil,
Ajoute un chien d'aveugle aux chevaux du soleil !

XIII

CAPITULATION

Ainsi les nations les plus grandes chavirent !
C'est à l'avortement que tes travaux servirent,
O peuple ! et tu dis : Quoi ! pour cela nous restions
Debout toute la nuit sur les hauts bastions !
C'est pour cela qu'on fut brave, altier, invincible,
Et que, la Prusse étant la flèche, on fut la cible ;
C'est pour cela qu'on fut héros, qu'on fut martyr ;
C'est pour cela qu'on a combattu plus que Tyr,
Plus que Sagonte, plus que Byzance et Corinthe ;
C'est pour cela qu'on a cinq mois subi l'étreinte
De ces Teutons furtifs, noirs, ayant dans les yeux
La sinistre stupeur des bois mystérieux !
C'est pour cela qu'on a lutté, creusé des mines,
Rompu des ponts, bravé la peste et les famines,
Fait des fossés, planté des pieux, bâti des forts,
France, et qu'on a rempli de la gerbe des morts
Le tombeau, cette grange obscure des batailles !

C'est pour cela qu'on a vécu sous les mitrailles !
Cieux profonds ! après tant d'épreuves, après tant
D'efforts du grand Paris, sanglant, broyé, content,
Après l'auguste espoir, après l'immense attente
De la cité superbe à vaincre haletante,
Qui semblait, se ruant sur les canons d'airain,
Ronger son mur ainsi que le cheval son frein ;
Quand la vertu croissait dans les douleurs accrues,
Quand les petits enfants, bombardés dans les rues,
Ramassaient en riant obus et biscayens,
Quand pas un n'a faibli parmi les citoyens,
Quand on était là, prêts à sortir, trois cent mille,
Ce tas de gens de guerre a rendu cette ville !
Avec ton dévoûment, ta fureur, ta fierté,
Et ton courage, ils ont fait de la lâcheté,
O peuple, et ce sera le frisson de l'histoire
De voir à tant de honte aboutir tant de gloire !

Paris, 27 janvier.

FÉVRIER

I

AVANT. LA CONCLUSION DU TRAITÉ

Si nous terminions cette guerre
Comme la Prusse le voudrait,
La France serait comme un verre
Sur la table d'un cabaret;

On le vide, puis on le brise.
Notre fier pays disparaît.
O deuil! il est ce qu'on méprise,
Lui qui fut ce qu'on admirait.

Noir lendemain! l'effroi pour règle.
Toute lie est bue à son tour;
Et le vautour vient après l'aigle,
Et l'orfraie après le vautour;

Deux provinces écartelées;
Strasbourg en croix, Metz au cachot;
Sedan, déserteur des mêlées,
Marquant la France d'un fer chaud;

Partout, dans toute âme captive,
Le goût abject d'un vil bonheur
Remplace l'orgueil; on cultive
La croissance du déshonneur;

Notre antique splendeur flétrie;
L'opprobre sur nos grands combats;
L'étonnement de la patrie
Point accoutumée aux fronts bas;

L'ennemi dans nos citadelles,
Sur nos tours l'ombre d'Attila,
De sorte que les hirondelles
Disent : la France n'est plus là!

La bouche pleine de Bazaine,
La renommée au vol brisé
Salit de sa bave malsaine
Son vieux clairon vertdegrisé;

Si l'on se bat, c'est contre un frère;
On ne sait plus ton nom, Bayard!
On est un assassin pour faire
Oublier qu'on fut un fuyard;

Une âpre nuit sur les fronts monte;
Nulle âme n'ose s'envoler;
Le ciel constate notre honte
Par le refus de s'étoiler;

Froid sombre! on voit, à plis funèbres,
Entre les peuples se fermer
Une profondeur de ténèbres
Telle qu'on ne peut plus s'aimer;

Entre France et Prusse on s'abhorre;
Tout ce troupeau d'hommes nous hait;
Et notre éclipse est leur aurore,
Et notre tombe est leur souhait;

Naufrage! Adieu les grandes tâches!
Tout est trompé; tout est trompeur;
On dit de nos drapeaux : Ces lâches!
Et de nos canons : Ils ont peur!

Plus de fierté; plus d'espérance;
Sur l'histoire un suaire épais... —
Dieu, ne fais pas tomber la France
Dans l'abîme de cette paix!

Bordeaux, 14 février.

II

AUX RÊVEURS DE MONARCHIE

Je suis en république, et pour roi j'ai moi-même.
Sachez qu'on ne met point aux voix ce droit suprême ;
Écoutez bien, messieurs, et tenez pour certain
Qu'on n'escamote pas la France un beau matin.
Nous, enfants de Paris, cousins des Grecs d'Athènes,
Nous raillons et frappons. Nous avons dans les veines
Non du sang de fellahs ni du sang d'esclavons,
Mais un bon sang gaulois et français. Nous avons
Pour pères les grognards et les Francs pour ancêtres :
Retenez bien ceci que nous sommes les maîtres.
La Liberté jamais en vain ne nous parla.
Souvenez-vous aussi que nos mains que voilà,
Ayant brisé des rois, peuvent briser des cuistres.
Bien. Faites-vous préfets, ambassadeurs, ministres,
Et dites-vous les uns aux autres grand merci.
O faquins, gorgez-vous. N'ayez d'autre souci,
Dans ces royaux logis dont vous faites vos antres,
Que d'aplatir vos cœurs et d'arrondir vos ventres ;
Emplissez-vous d'orgueil, de vanité, d'argent,
Bien. Allez. Nous aurons un mépris indulgent,

Nous nous détournerons et nous laisserons faire ;
L'homme ne peut hâter l'heure que Dieu diffère.
Soit. Mais n'attentez pas au droit du peuple entier.
Le droit au fond des cœurs, libre, indomptable, altier,
Vit, guette tous vos pas, vous juge, vous défie,
Et vous attend. J'affirme et je vous certifie
Que vous seriez hardis d'y toucher seulement
Rien que pour essayer et pour voir un moment !

Rois, larrons ! vous avez des poches assez grandes
Pour y mettre tout l'or du pays, les offrandes
Des pauvres, le budget, tous nos millions, mais
Pour y mettre nos droits et notre honneur, jamais !
Jamais vous n'y mettrez la grande République.
D'un côté tout un peuple ; et de l'autre une clique !
Qu'est votre droit divin devant le droit humain ?
Nous votons aujourd'hui, nous voterons demain.
Le souverain, c'est nous ; nous voulons, tous ensemble,
Régner comme il nous plaît, choisir qui bon nous semble,
Nommer qui nous convient dans notre bulletin.
Gare à qui met la griffe aux boîtes du scrutin !
Gare à ceux d'entre vous qui fausseraient le vote !
Nous leur ferions danser une telle gavotte,
Avec des violons si bien faits tout exprès,
Qu'ils en seraient encor pâles dix ans après !

III

PHILOSOPHIE DES SACRES

ET COURONNEMENTS

Cet homme est laid, cet homme est vieux, cet homme est bête.
Qu'est-ce que vous mettez sur cette pauvre tête ?
Une couronne? Non, deux couronnes. Non, trois.
Celle des empereurs avec celle des rois,
Le laurier de César, la croix de Charlemagne,
Et puis un peu de France et beaucoup d'Allemagne.
Sous cet amas jadis Charles-Quint vacilla.
La paix du monde tient à ce que tout cela
Sur ce vieux front tremblant demeure en équilibre.
Ce bonhomme vraiment serait plus heureux libre,
Et sans lui nous serions plus à notre aise aussi.
S'il a mal digéré, le ciel est obscurci ;
Son moindre borborygme est une âpre secousse ;
On chancelle s'il crache, on s'écroule s'il tousse ;

Son ignorance fait sur la terre un brouillard.
Pourquoi ne pas laisser tranquille ce vieillard?
S'il n'avait ni soldats, ni ducs, ni connétables,
Nous le recevrions volontiers à nos tables ;
Nos verres, sous le pampre, au soleil, en plein vent,
Choqueraient le tien, sire, et tu serais vivant.
Non, l'on t'empaille idole, et l'on te pétrifie
Sous un lourd casque à pointe, et, comme on se défie
Du roi d'en haut jaloux des rois d'en bas, on met,
Sire, un paratonnerre en cuivre à ton sommet;
Et ton peuple est si fier qu'il t'adore; on t'affuble
D'un manteau comme on passe au pape une chasuble,
Et te voilà tyran, et nous t'avons sur nous,
Le goût de l'homme étant de se mettre à genoux.
Tu portes désormais l'Etna comme Encelade,
Et comme Atlas le monde. O maître, sois malade,
Infirme, catarrheux, vieux tant que tu voudras,
Claque des dents avec la fièvre entre deux draps,
Qu'importe! l'univers n'en est pas moins ta chose.
L'Europe est un effet dont tu seras la cause.
Rayonne. A ta cheville aucun héros ne va.
Bossuet jettera sous tes pieds Jehovah ;
Tu seras proclamé Très-Haut en pleine chaire.
Un roi, fût-il un nain, fût-il un pauvre hère,
Hydropique, goîtreux, perclus, tortu, fourbu,
Moins ferme sur ses pieds qu'un reître ayant trop bu,
Eût-il morve et farcin, rachis, goutte et gravelle,
Fût-il maigre d'esprit et petit de cervelle,

N'eût-il pas beaucoup plus de caboche qu'un rat,
Fût-il, sous la splendeur du cordon d'apparat,
Dans l'ombre enguirlandé d'un engin herniaire,
Reste auguste et puissant jusqu'à l'heure dernière
Et jusqu'au soubresaut de son hoquet final ;
Tous, l'homme de l'autel, l'homme du tribunal,
Prosternent devant lui leur grave platitude ;
Il a l'effarement de la décrépitude,
C'est toujours César ; même en ruine et mourant,
La majesté s'obstine et le couvre, il est grand ;
Et la pourpre est sur lui, sainte, splendide, austère,
Quand du sceptre et du trône il passe aux vers de terre ;
Agonisant, il règne ; on le voit s'assoupir,
On craint presque un tonnerre en son dernier soupir,
La foule aux reins courbés le place en un tel temple
Qu'elle tremble, et d'en bas l'admire et le contemple
Quand misérable il entre au sépulcre béant,
Et le croit encor dieu qu'il est déjà néant.

IV

A CEUX QUI REPARLENT DE FRATERNITÉ

Quand nous serons vainqueurs, nous verrons. Montrons-leur
Jusque-là, le dédain qui sied à la douleur.
L'œil âprement baissé convient à la défaite.
Libre, on était apôtre ; esclave, on est prophète ;
Nous sommes garrottés! plus de nations sœurs!
Et je prédis l'abîme à nos envahisseurs.
C'est la fierté de ceux qu'on a mis à la chaîne
De n'avoir désormais d'autre abri que la haine.
Aimer les Allemands? cela viendra, le jour
Où par droit de victoire on aura droit d'amour.
La déclaration de paix n'est jamais franche
De ceux qui, terrassés, n'ont pas pris leur revanche ;
Attendons notre tour de barrer le chemin.
Mettons-les sous nos pieds, puis tendons-leur la main ;
Je ne puis que saigner tant que la France pleure.
Ne me parlez donc pas de concorde à cette heure ;
Une fraternité bégayée à demi
Et trop tôt, fait hausser l'épaule à l'ennemi ;
Et l'offre de donner aux rancunes relâche
Qui demain sera digne, aujourd'hui serait lâche.

V

LOI DE FORMATION DU PROGRÈS

Une dernière guerre ! hélas, il la faut ! oui.

Quoi ! le deuil triomphant, le meurtre épanoui,
Sont les conditions de nos progrès ! Mystère !
Quel est donc ce travail étrange de la terre ?
Quelle est donc cette loi du développement
De l'homme par l'enfer, la peine et le tourment ?
Pour quelque but final dont notre humble prunelle
N'aperçoit même pas la lueur éternelle,
L'être des profondeurs a-t-il donc décrété
Dans les azurs sans fond de la sublimité,
Que l'homme ne doit point faire un pas qui n'enseigne
De quel pied il chancelle et de quel flanc il saigne ;
Que la douleur est l'or dont se paie ici-bas
Le bonheur acheté par tant d'âpres combats ;
Que toute Rome doit commencer par un antre ;
Que tout enfantement doit déchirer le ventre ;
Qu'en ce monde l'idée aussi bien que la chair

Doit saigner, et, touchée en naissant par le fer,
Doit avoir, pour le deuil comme pour l'espérance,
Son mystérieux sceau de vie et de souffrance
Dans cette cicatrice auguste, le nombril ;
Que l'œuf de l'avenir, pour éclore en avril,
Doit être déposé dans une chose morte ;
Qu'il faut que le bien naisse et que l'épi mûr sorte
De cette plaie en fleur qu'on nomme le sillon ;
Que le cri jaillit mieux en mordant le bâillon ;
Que l'homme doit atteindre à des Édens suprêmes
Dont la porte déjà, dans l'ombre des problèmes,
Apparaît radieuse à ses yeux enflammés,
Mais que les deux battants en resteront fermés,
Malgré le saint, le Christ, le prophète et l'apôtre,
Si Satan n'ouvre l'un, si Caïn n'ouvre l'autre ?

O contradictions terribles ! d'un côté
On voit la loi de paix, de vie et de bonté
Par-dessus l'infini dans les prodiges luire ;
Et de l'autre on écoute une voix triste dire :
— Penseurs, réformateurs, porte-flambeaux, esprits,
Lutteurs, vous atteindrez l'idéal ! à quel prix ?
Au prix du sang, des fers, du deuil, des hécatombes.
La route du progrès, c'est le chemin des tombes. —

Voyez : le genre humain, à cette heure opprimé
Par les forces sans yeux dont ce globe est formé,
Doit vaincre la matière, et, c'est là le problème,

L'enchaîner, pour se mettre en liberté lui-même.
L'homme prend la nature énorme corps à corps;
Mais comme elle résiste! elle abat les plus forts.
Derrière l'inconnu la nuit se barricade;
Le monde entier n'est plus qu'une vaste embuscade;
Tout est piége; le sphinx, avant d'être dompté,
Empreint son ongle au flanc de l'homme épouvanté,
Par moments il sourit et fait des offres traîtres;
Les savants, les songeurs, ceux qui sont les seuls prêtres,
Cèdent à ces appels funèbres et moqueurs;
L'énigme invite, embrasse et brise ses vainqueurs;
Les éléments, du moins ce qu'ainsi l'erreur nomme,
Ont des attractions redoutables sur l'homme;
La terre au flanc profond tente Empédocle, et l'eau
Tente Jason, Diaz, Gama, Marco Polo,
Et Colomb que dirige au fond des flots sonores
Le doigt du cavalier sinistre des Açores;
Le feu tente Fulton, l'air tente Montgolfier;
L'homme fait pour tout vaincre ose tout défier.
Maintenant regardez les cadavres. La somme
De tous les combattants que le progrès consomme
Étonne le sépulcre et fait rêver la mort.
Combien d'infortunés noyés dans leur effort
Pour atteindre à des bords nouveaux et fécondables!
Les découvertes sont des filles formidables
Qui dans leur lit tragique étouffent leurs amants.
O loi! tous les tombeaux contiennent des aimants;
Les grands cœurs ont l'amour lugubre du martyre,

10

Et le rayonnement du précipice attire.

Ceux-ci sacrifiant, ceux-là sacrifiés.

Cette croissance humaine où vous vous confiez
Sur nos difformités se développe et monte.
Destin terrifiant ! tout sert, même la honte ;
La prostitution a sa fécondité ;
Le crime a son emploi dans la fatalité ;
Étant corruption, un germe y peut éclore.
Ceci qu'on aime naît de ceci qu'on déplore.
Ce qu'on voit clairement, c'est qu'on souffre. Pourquoi ?
On entre dans le mieux avec des cris d'effroi ;
On sort presque à regret du pire où l'on séjourne.
Le genre humain gravit un escalier qui tourne
Et plonge dans la nuit pour rentrer dans le jour ;
On perd le bien de vue et le mal tour à tour ;
Le meurtre est bon ; la mort sauve ; la loi morale
Se courbe et disparaît dans l'obscure spirale.
A de certains moments, à Tyr comme à Sion,
Ce qu'on prend pour le crime est la punition ;
Punition utile et féconde, où surnage
On ne sait quelle vie éclose du carnage.
Les dalles de l'histoire, avec leurs affreux tas
De trahisons, de vols, d'ordures, d'attentats,
Avec leur effroyable encombrement de boue
Où de tous les Césars on voit passer la roue,
Avec leurs Tigellins, avec leurs Borgias,

Ne seraient que l'étable infâme d'Augias,
La latrine et l'égout du sort, sans le lavage
De sang que par instants Dieu fait sur ce pavage.
C'est dans le sang que Rome et Venise ont fleuri.
Du sang! et l'on entend dans l'histoire ce cri :
— Une aile sort du ver et l'un engendre l'autre.
L'âge qui plane est fils du siècle qui se vautre. —
Le monde reverdit dans le deuil, dans l'horreur ;
Champ sombre dont Nemrod est le dur laboureur !

Toute fleur est d'abord fumier, et la nature
Commence par manger sa propre pourriture ;
La raison n'a raison qu'après avoir eu tort ;
Pour avancer d'un pas, le genre humain se tord ;
Chaque évolution qu'il fait dans la tourmente
Semble une apocalypse où quelqu'un se lamente.
Ouvrage lumineux, ténébreux ouvrier.

Sitôt que le char marche il se met à crier.

L'esclavage est un pas sur l'anthropophagie ;
La guillotine, affreuse et de meurtres rougie,
Est un pas sur le croc, le pal et le bûcher ;
La guerre est un berger tout autant qu'un boucher ;
Cyrus crie : en avant ! tous les grands chefs d'armées,
Trouant le genre humain de routes enflammées,
Ont une tache d'aube au front, noirs éclaireurs ;
Ils refoulent la nuit, les brouillards, les erreurs,

L'ombre, et le conquérant est le missionnaire
Terrible du rayon que contient le tonnerre.
Sésostris vivifie en tuant, Gengiskan
Est la lave féconde et sombre du volcan,
Alexandre ensemence, Attila fertilise.
Ce monde, que l'effort douloureux civilise,
Cette création où l'aube pleure et luit,
Où rien n'éclôt qu'après avoir été détruit,
Où les accouplements résultent des divorces,
Où Dieu semble englouti sous le chaos des forces,
Où le bourgeon jaillit du nœud qui l'étouffait,
C'est du mal qui travaille et du bien qui se fait.

Mais quelle ombre! quels flots de fumée et d'écume!
Quelles illusions d'optique en cette brume!
Est-ce un libérateur, ce tigre qui bondit?
Ce chef, est-ce un héros ou bien est-ce un bandit?
Devinez. Qui le sait? dans ces profondeurs faites
De crime et de vertu, de meurtres et de fêtes,
Trompé par ce qu'on voit et par ce qu'on entend,
Comment retrouver l'astre en tant d'horreur flottant?

De là vient qu'autrefois tout semblait vain et trouble;
Tout semblait de la nuit qui monte et qui redouble;
Le vaste écroulement des faits tumultueux,
Les combats, les assauts traîtres et tortueux,
Les Carthages, les Tyrs, les Byzances, les Romes,
Les catastrophes, chute épouvantable d'hommes,

Avaient l'air d'un tourment stérile ; et, se suivant
Comme la grêle suit les colères du vent,
Et comme la chaleur succède à la froidure,
Semblaient ne dégager qu'une loi : Rien ne dure.
Les nations, courbant la tête, n'avaient plus
D'autre philosophie en ces flux et reflux
Que la rapidité des chars passant sur elles ;
Nul ne voyait le but de ces vaines querelles ;
Et Flaccus s'écriait : — Puisque tout fuit, aimons,
Vivons, et regardons tomber l'ombre des monts ;
Riez, chantez, cueillez des grappes dans les treilles
Pour les pendre, ô Lydé, derrière vos oreilles ;
Ce peu de chose est tout. Par Bacchus, sur le poids
Des héros, des grandeurs, de la gloire et des rois,
Je questionnerai Caron, le passeur d'ombres ! —

Depuis on a compris. Les foules et les nombres
Ont perdu leur aspect de chaos par degrés,
Laissant vaguement voir quelques points éclairés.

Quoi ! la guerre, le choc alternatif et rude
Des batailles tombant sur l'âpre multitude,
Sur le bloc triste et brut des fauves nations,
Quoi ! ces frémissements et ces commotions
Que donne au droit qui naît, au peuple qui se lève,
La rencontre sonore et féroce du glaive,
Ce vaste tourbillon d'étincelles qui sort
Des combats, des héros s'entreheurtant, du sort,

Ce tumulte insensé des camps et des tueries,
Quoi ! le piétinement de ces cavaleries,
Les escadrons couvrant d'éclairs les régiments,
Quoi ! ces coups de canon battant ces murs fumants,
Ces coups d'épieux, ces coups d'estocs, ces coups de piques,
Le retentissement des cuirasses épiques,
Ces victoires broyant les hommes, cet enfer,
Quoi ! les sabres sonnant sur les casques de fer,
L'épouvante, les cris des mourants qu'on égorge...
— C'est le bruit des marteaux du progrès dans la forge.
— Hélas !

En même temps, l'infini, qui connaît
L'endroit où chaque cause aboutit, et qui n'est
Qu'une incommensurable et haute conscience,
Faite d'immensité, de paix, de patience,
Laisse, sachant le but, choisissant le moyen,
Souvent, hélas ! le mal se faire avec du bien ;
Telle est la profondeur de l'ordre ; obscur, suprême,
Tranquille, et s'affirmant par ses démentis même.
C'est ainsi qu'un bandit de Marc Aurèle est né ;
C'est ainsi que, hideux, devant l'homme étonné,
Le ciel y consentant, avec le Christ auguste,
Avec la loi d'un saint, avec la mort d'un juste,
Avec ces mots si doux : — Nourris quiconque a faim.
— Aime autrui comme toi. — Ne fais pas au prochain.
Ce que tu ne veux pas qu'à toi-même on te fasse. —
Avec cette morale où tout est vie et grâce,

Avec ces dogmes pris au plus serein des cieux,
Loyola construisit son piége monstrueux ;
Sombre araignée à qui Dieu, pour tisser sa toile,
Donnait des fils d'aurore et des rayons d'étoile.

Et même, en regardant plus haut, quel est celui
Qui s'écriera : — Je suis l'astre, et j'ai toujours lui ;
Je n'ai jamais failli, jamais péché ; j'ignore
Les coups du tentateur à ma vitre sonore ;
Je suis sans faute. — Est-il un juste audacieux
Qui s'ose affirmer pur devant l'azur des cieux ?
L'homme a beau faire, il faut qu'il cède à sa nature ;
Une femme l'émeut, dénouant sa ceinture,
Il boit, il mange, il dort, il a froid, il a chaud ;
Parfois la plus grande âme et le cœur le plus haut
Succombe aux appétits d'en bas ; et l'esprit quête
Les satisfactions immondes de la bête,
Regarde à la fenêtre obscène, et va, les soirs,
Rôder de honte en honte au seuil des bouges noirs.
— Oui, c'est la porte abjecte, et cependant j'y passe,
Dit Caton à voix haute et Jean-Jacque à voix basse.
La Syrienne chante à Virgile Evohé ;
Socrate aime Aspasie, Horace suit Chloé ;
Tout homme est le sujet de la chair misérable ;
Le corps est condamné, le sang est incurable ;
Pas un sage n'a pu se dire, en vérité,
Guéri de la nature et de l'humanité.

Mal, bien, tel est le triste et difforme mélange.
Le bien est un linceul en même temps qu'un lange ;
Si le mal est sépulcre, il est aussi berceau ;
Ils naissent l'un de l'autre, et la vie est leur sceau.
Les philosophes pleins de crainte ou d'espérance,
Songent et n'ont entre eux pas d'autre différence,
En révélant l'Éden, et même en le prouvant,
Que le voir en arrière ou le voir en avant.
Les sages du passé disent : — l'homme recule ;
Il sort de la lumière, il entre au crépuscule,
L'homme est parti de tout pour naufrager dans rien.
Ils disent : bien et mal. Nous disons : mal et bien.
Mal et bien, est-ce là le mot? le chiffre unique?
Le dogme? est-ce d'Isis la dernière tunique?

Mal et bien, est-ce là toute la loi? — La loi!
Qui la connaît? Quelqu'un parmi nous, hors de soi
Comme en soi, sous l'amas de faits, d'époques, d'âges,
A-t-il percé ce gouffre et fait ces grands sondages?
Quelqu'un démêle-t-il le germe originel?
Quelqu'un voit-il le point extrême du tunnel?
Quelqu'un voit-il la base et voit-il la toiture?
Avons-nous seulement pénétré la nature?
Qu'est-ce que la lumière et qu'est-ce que l'aimant?
Qu'est le cerveau? de quoi se fait le mouvement?
D'où vient que la chaleur manque aux rayons de lune?
O nuit, qu'est-ce qu'une âme? un astre en est-il une?
Le parfum est-il l'âme errante du pistil?

Une fleur souffre-t-elle? un rocher pense-t-il?
Qu'est-ce que l'Onde? Etnas, Cotopaxis, Vésuves,
D'où vient le flamboiement de vos énormes cuves?
Où donc est la poulie et la corde et le seau
Qui pendent dans ton puits, ô noir Chimborazo?
Vivants! distinguons-nous une chose d'un être?
Qu'est-ce que mourir? dis, mortel! qu'est-ce que naître?
Vous demandez d'un fait : est-ce toute la loi?
Voyons, qui que tu sois, toi qui parles, dis-moi,
Qu'es-tu? Tu veux sonder l'abîme? es-tu de force
A scruter le travail des séves sous l'écorce;
A guetter, dans la nuit des filons souterrains,
L'hymen de l'eau terrestre avec les flots marins
Et la formation des métaux; à poursuivre
Dans leurs antres le plomb, le mercure et le cuivre,
Si bien que tu pourrais dire : Voici comment
L'or se fait dans la terre et l'aube au firmament!
Le peux-tu? parle. Non. Eh bien, sois économe
D'axiomes sur Dieu, de sentences sur l'homme,
Et ne prononce pas d'arrêts dans l'infini.
Et qui donc ici-bas, qui, maudit ou béni,
Peut de quoi que ce soit, force, âme, esprit, matière,
Dire : — Ce que j'ai là, c'est la loi tout entière;
Ceci, c'est Dieu, complet, avec tous ses rayons;
Mettez-le-moi bien vite en vos collections,
Et tirez le verrou de peur qu'il ne s'échappe. —
Savant dans son usine ou prêtre sous sa chape,
Qui donc nous montrera le sort des deux côtés?

Qui se promènera dans les éternités,
Comme dans les jardins de Versailles Lenôtre?
Qui donc mesurera l'ombre d'un bout à l'autre,
Et la vie et la tombe, espaces inouïs
Où le monceau des jours meurt sous l'amas des nuits,
Où de vagues éclairs dans les ténèbres glissent,
Où les extrémités des lois s'évanouissent!

Que cette obscure loi du progrès dans le deuil,
Du succès dans la chute et du port dans l'écueil,
Soit vraie ou fausse, absurde et folle, ou démontrée;
Que, dragon, de l'Éden elle garde l'entrée,
Ou ne soit qu'un mirage informe; le certain
C'est que, devant l'énigme et devant le destin,
Les plus fermes parfois s'étonnent et fléchissent.
A peine dans la nuit quelques cimes blanchissent,
Que la brume a déjà repris d'autres sommets;
De grands monts, qui semblaient lumineux à jamais,
Qu'on croyait délivrés de l'abîme, s'y dressent,
Mais noirs, et, lentement effacés, disparaissent.
Toutes les vérités se montrent un moment,
Puis se voilent; le verbe avorte en bégaiement;
Le jour, si c'est du jour que cette clarté sombre,
N'a l'air de se lever que pour regarder l'ombre;
On ne voit plus le phare; on ne sait que penser;
Vient-on de reculer, ou vient-on d'avancer?
Oh! dans l'ascension humaine, que la marche
Est lente, et comme on sent la pesanteur de l'arche!

Comme ceux qui de tous portent les intérêts
Ont l'épaule meurtrie aux angles du progrès !
Comme tout se défait et retombe à mesure !
Pas de principe acquis ; pas de conquête sûre ;
A l'instant où l'on croit l'édifice achevé,
Il s'écroule, écrasant celui qui l'a rêvé ;
Le plus grand siècle peut avoir son heure immonde ;
Parfois sur tous les points du globe un fléau gronde,
Et l'homme semble pris d'un accès de fureur.
L'Européen, ce frère aîné, joute d'horreur
Avec le caraïbe, avec le malabare ;
L'Anglais civilisé passe l'Indou barbare ;
O pugilat hideux de Londre et de Delhy !
Le but humain s'éclipse en un infâme oubli,
Il est nuit du Danube au Nil, du Gange à l'Èbre.
Fête au Nord : c'est la mort du Midi qu'on célèbre.
Europe, dit Berlin, ris, la France n'est plus !
O genre humain, malgré tant d'âges révolus,
Ta vieille loi de haine est toujours la plus forte ;
L'Évangile est toujours la grande clarté morte,
Le jour fuit, la paix saigne et l'amour est proscrit,
Et l'on n'a pas encor décloué Jésus-Christ.

MARS

—

I

N'importe, ayons foi ! Tout s'agite,
Comme au fond d'un songe effrayant,
Tout marche et court, et l'homme quitte
L'ancien rivage âpre et fuyant.
On va de la nuit à l'aurore,
Du noir sépulcre au nid sonore,
Et des hydres aux alcyons.
Les téméraires sont les sages.
Ils sondent ces profonds passages
Qu'on nomme Révolutions.

Prophètes maigris par les jeûnes,
O poëtes au fier clairon,

Tous, les anciens comme les jeunes,
Isaïe autant que Byron,
Vous indiquez le but suprême
Au genre humain, toujours le même
Et toujours nouveau sous le ciel;
Vous jetez dans le vent qui vole
La même éternelle parole
Au même passant éternel.

Votre voix tragique et superbe
Plonge en bas et remonte en haut;
Vous demandez à Dieu le verbe
Et vous donnez au sphinx le mot.
Tout l'itinéraire de l'homme,
Quittant Sion, dépassant Rome,
Au prêtre qui chancelle ou fuit
Semble une descente d'abîme;
On entend votre bruit sublime,
Avertissement dans la nuit.

Vous tintez le glas pour le traître
Et pour le brave le tocsin;
On voit paraître et disparaître
Vos hymnes, orageux essaim;
Vos vers sibyllins vont et viennent;
Dans son dur voyage ils soutiennent

Le peuple, immense pèlerin ;
Vos chants, vos songes, vos pensées,
Semblent des urnes renversées
D'où tombent des rhythmes d'airain.

Bientôt le jour sur son quadrige
De l'ombre ouvrira les rideaux ;
Vers l'aurore tout se dirige,
Même ceux qui tournent le dos ;
L'un y marche et l'autre y recule ;
L'avenir dans ce crépuscule
Dresse sa tour étrange à voir,
Tour obscure, mais étoilée ;
Vos strophes à toute volée
Sonnent dans ce grand clocher noir.

II

LA LUTTE

Hélas ! c'est l'ignorance en colère. Il faut plaindre
. Ceux que le grand rayon du vrai ne peut atteindre,
D'ailleurs, qu'importe, ami ! l'honneur est avec nous.
Oui, plains ces insulteurs acceptant à genoux
L'horrible paix qui prend la France en sa tenaille.
Que leur ingratitude imbécile s'en aille
Devant l'histoire, avec ton dédain et le mien.
Ils traiteraient Jésus comme un bohémien ;
Saint Paul leur semblerait un hideux démocrate ;
Ils diraient : Quel affreux jongleur que ce Socrate ! .
Leur œil myope a peur de l'aube. Ils sont ainsi.
Est-ce leur faute ? Non. A Naple, à Rome, ici,
Toujours, partout, il est tout simple que des êtres
Te jalousent soldats et te maudissent prêtres,
Étant, les uns vaincus, les autres démasqués.
Les glaçons que j'ai vus cet hiver, de nos quais,

Pêle-mêle passer, nous jetant un froid sombre,
Mais fuyant et fondant rapidement dans l'ombre,
N'étaient pas plus haineux et n'étaient pas plus vains,
Toi qui jadis, pareil aux combattants divins,
Venais seul, sans armée et délivrais des villes,
Laisse hurler sur toi le flot des clameurs viles.
Qu'est-ce que cela fait? Viens, donnons-nous la main.
Et moi le vieux Français, toi l'antique Romain,
Sortons. C'est un lieu triste où l'on est mal à l'aise.
Et regagnons chacun notre haute falaise
Où si l'on est hué, du moins c'est par la mer;
Allons chercher l'insulte auguste de l'éclair,
La fureur jamais basse et la grande amertume,
Le vrai gouffre, et quittons la bave pour l'écume.

III

LE DEUIL

Charle! Charle! ô mon fils! quoi donc! tu m'as quitté.
Ah! tout fuit! rien ne dure!
Tu t'es évanoui dans la grande clarté
Qui pour nous est obscure.

Charles, mon couchant voit périr ton orient.
Comme nous nous aimâmes!
L'homme, hélas! crée, et rêve, et lie en souriant
Son âme à d'autres âmes;

Il dit : C'est éternel! et poursuit son chemin;
Il se met à descendre,
Vit, souffre, et tout à coup dans le creux de sa main
N'a plus que de la cendre.

Hier j'étais proscrit. Vingt ans, des mers captif,
  J'errai, l'âme meurtrie ;
Le sort nous frappe, et seul il connaît le motif.
  Dieu m'ôta la patrie.

Aujourd'hui je n'ai plus de tout ce que j'avais
  Qu'un fils et qu'une fille ;
Me voilà presque seul dans cette ombre où je vais ;
  Dieu m'ôte la famille.

Oh ! demeurez, vous deux qui me restez ! nos nids
  Tombent, mais votre mère
Vous bénit dans la mort sombre, et je vous bénis,
  Moi, dans la vie amère.

Oui, pour modèle ayant le martyr de Sion,
  J'achèverai ma lutte,
Et je continuerai la rude ascension
  Qui ressemble à la chute.

Suivre la vérité me suffit; sans rien voir
  Que le grand but sublime,
Je marche, en deuil, mais fier ; derrière le devoir
  Je vais droit à l'abîme.

IV

L'ENTERREMENT

*

Le tambour bat aux champs et le drapeau s'incline.
De la Bastille au pied de la morne colline
Où les siècles passés près du siècle vivant
Dorment sous les cyprès peu troublés par le vent,
Le peuple a l'arme au bras; le peuple est triste; il pense;
Et ses grands bataillons font la haie en silence.

Le fils mort et le père aspirant au tombeau
Passent, l'un hier encor vaillant, robuste et beau,
L'autre vieux et cachant les pleurs de son visage;
Et chaque légion les salue au passage.

O peuple! ô majesté de l'immense douceur!
Paris, cité soleil, vous que l'envahisseur
N'a pu vaincre, et qu'il a de tant de sang rougie,
Vous qu'un jour on verra, dans la royale orgie,

Surgir, l'éclair au front, comme le commandeur,
O ville, vous avez ce comble de grandeur
De faire attention à la douleur d'un homme.
Trouver dans Sparte une âme et voir un cœur dans Rome,
Rien n'est plus admirable ; et Paris a dompté
L'univers par la force où l'on sent la bonté.
Ce peuple est un héros et ce peuple est un juste.
Il fait bien plus que vaincre   il aime.

                        O ville auguste,

Ce jour-là tout tremblait, les révolutions
Grondaient, et dans leur brume, à travers les rayons,
Tu voyais devant toi se rouvrir l'ombre affreuse
Qui par moments devant les grands peuples se creuse ;
Et l'homme qui suivait le cercueil de son fils
T'admirait, toi qui, prête à tous les fiers défis,
Infortunée, as fait l'humanité prospère ;
Sombre, il se sentait fils en même temps que père,
Père en pensant à lui, fils en pensant à toi.

                    *

Que ce jeune lutteur illustre et plein de foi,
Disparu dans le lieu profond qui nous réclame,
O peuple, ait à jamais près de lui ta grande âme !
Tu la lui donnas, peuple, en ce suprême adieu.

Que, dans la liberté superbe du ciel bleu,
Il assiste, à présent qu'il tient l'arme inconnue,
Aux luttes du devoir et qu'il les continue.
Le droit n'est pas le droit seulement ici-bas;
Les morts sont des vivants mêlés à nos combats,
Ayant tantôt le bien, tantôt le mal pour cibles;
Parfois on sent passer leurs flèches invisibles.
Nous les croyons absents, ils sont présents; on sort
De la terre, des jours, des pleurs, mais non du sort;
C'est un prolongement sublime que la tombe.
On y monte étonné d'avoir cru qu'on y tombe.
Comme dans plus d'azur l'hirondelle émigrant,
On entre plus heureux dans un devoir plus grand ;
On voit l'utile avec le juste parallèle;
Et l'on a de moins l'ombre et l'on a de plus l'aile.
O mon fils béni, sers la France, du milieu
De ce gouffre d'amour que nous appelons Dieu;
Ce n'est pas pour dormir qu'on meurt, non, c'est pour faire
De plus haut ce que fait en bas notre humble sphère;
C'est pour le faire mieux, c'est pour le faire bien.
Nous n'avons que le but, le ciel a le moyen.
La mort est un passage où pour grandir tout change;
Qui fut sur terre athlète est dans l'abîme archange;
Sur terre on est borné, sur terre on est banni ;
Mais là-haut nous croissons sans gêner l'infini;
L'âme y peut déployer sa subite envergure;
C'est en perdant son corps qu'on reprend sa figure.
Va donc, mon fils ! va donc, esprit! deviens flambeau.

Rayonne. Entre en planant dans l'immense tombeau!
Sers la France. Car Dieu met en elle un mystère,
Car tu sais maintenant ce qu'ignore la terre,
Car la vérité brille où l'éternité luit,
Car tu vois la lumière et nous voyons la nuit.

Paris, 18 mars.

V

Coup sur coup. Deuil sur deuil. Ah! l'épreuve redouble.
Soit. Cet homme pensif l'acceptera sans trouble.
Certe, il est bon qu'ainsi soient traités quelques-uns.
Quand d'âpres combattants, mages, soldats, tribuns,
Apôtres, ont donné leur vie aux choses justes,
Ils demeurent debout dans leurs douleurs robustes.
Tu le sais, Guernesey, tu le sais, Caprera.

Sa conscience est fixe et rien n'y bougera.
Car, quel que soit le vent qui souffle sur leur flamme,
Les principes profonds ne tremblent pas dans l'âme;
Car c'est dans l'infini que leur feu calme luit;
Car l'ouragan sinistre acharné sur la nuit
Peut secouer là-haut l'ombre et ses sombres toiles,
Sans faire dans leurs plis remuer les étoiles.

AVRIL

I

LES PRÉCURSEURS

Sur l'être et sur la créature
Dans tous les temps l'homme incliné
A toujours dit à la nature :
O gouffre! pourquoi suis-je né?
Parfois croyants, parfois athées,
Nous ajoutons aux Prométhées
Les Euclides et les Keplers;
Nos doutes, nuages funèbres,
Montent au ciel pleins de ténèbres,
Et redescendent pleins d'éclairs.

O fronts où flambent les idées!
Au bord du gouffre, au fond des cieux,
Que de figures accoudées!
Que de regards mystérieux!
O les prunelles étoilées
Des Miltons et des Galilées!
Sombres Dantes au front bruni,
Vos talons sont dignes des astres!
Vos esprits, ô noirs Zoroastres,
Sont les chevaux de l'infini.

Oser monter, oser descendre,
Tout est là. Chercher, oser voir!
Car Jason s'appelle entreprendre
Et Gama s'appelle vouloir.
Quand le chercheur hésite encore,
L'œil sur la nuit, l'œil sur l'aurore,
Reculant devant le secret,
Tremblant devant l'hiéroglyphe,
La volonté, brusque hippogriffe,
Dans son crépuscule apparaît!

C'est sur ce coursier formidable,
Quand le Génie humain voulut,
Qu'il aborda l'inabordable,
Seul avec sa torche et son luth.
Lorsqu'il partit, âme élancée,
L'astre Amour, le soleil Pensée,

Rayonnaient dans l'azur béant
Où la nuit tend ses sombres toiles,
Et Dieu donna ces deux étoiles
Pour éperons à ce géant.

Les grands cœurs en qui Dieu se crée
Ont, tandis qu'autour d'eux tout fuit,
La curiosité sacrée
Du précipice et de la nuit.
Toute découverte est un gouffre.
Mourir, qu'importe! on plonge, on souffre;
Vivre inutile, c'est trop long.
De l'insensé naît le sublime;
Et derrière lui dans l'abîme
Empédocle attire Colomb.

Mers qu'on sonde! cieux qu'on révèle!
Chacun de ces chercheurs de Dieu
Prend un infini sur son aile,
Fulton le vert, Herschell le bleu;
Magellan part, Fourier s'envole;
La foule ironique et frivole
Ignore ce qu'ils ont rêvé,
Les voit sombrer dans l'étendue,
Et dit : C'est une âme perdue.
Foule! c'est un monde trouvé!

II

LA MÈRE QUI DÉFEND SON PETIT

Au milieu des forêts, asiles des chouettes,
Où chuchotent tout bas les feuilles inquiètes,
Dans les halliers, que semble emplir un noir dessein,
Pour le doux nouveau-né qui frissonne à son sein,
Pour le tragique enfant qu'elle emporte effarée,
Dès qu'elle voit la nuit croître, sombre marée,
Dès que les loups obscurs poussent leurs longs abois,
Oh ! le sauvage amour de la femme des bois !

Tel est Paris. La ville où l'Europe se mêle,
Avec le droit, la gloire et l'art, triple mamelle,
Allaite cet enfant céleste, l'Avenir.
On entend les chevaux de l'aurore hennir
Autour de ce berceau sublime. Elle, la mère
De la réalité qui commence en chimère,
La nourrice du songe auguste des penseurs,
La ville dont Athène et Rome sont les sœurs,
Dans le printemps qui rit, sous le ciel qui rougeoie,

Elle est l'amour, elle est la vie, elle est la joie.

L'air est pur, le jour luit, le firmament est bleu.

Elle berce en chantant le puissant petit dieu.

Quelle fête ! elle montre aux hommes, fière, gaie,

Ce rêve qui sera le monde et qui bégaie,

Ce tremblant embryon du nouveau genre humain,

Ce géant, nain encor, qui s'appelle Demain,

Et pour qui le sillon des temps futurs se creuse ;

Sur son front calme et tendre et sur sa bouche heureuse

Et dans son œil serein qui ne croit pas au mal,

Elle a ce radieux sourire, l'idéal.

On sent qu'elle est la ville où l'espérance habite ;

Elle aime, elle bénit ; mais si, noirceur subite,

. L'éclipse vient, et donne aux peuples le frisson,

Si quelque vague monstre erre sur l'horizon,

Si tout ce qui serpente, écume, rampe et louche,

Vient menacer l'enfant divin, elle est farouche ;

Alors elle se dresse, alors elle a des cris

Terribles, et devient le furieux Paris ;

Elle gronde et rugit, sinistrement vivante,

Et celle qui charmait l'univers, l'épouvante.

III

Temps affreux ! ma pensée est, dans ce morne espace
Où l'imprévu surgit, où l'inattendu passe,
Une plaine livrée à tous les pas errants.
Les faits l'un après l'autre arrivent, noirs et grands.
J'écris ce livre, jour par jour, sous la dictée
De l'heure qui se dresse et fuit épouvantée ;
Les semaines de l'An Terrible sont autant
D'hydres que l'enfer crée et que le gouffre attend ;
L'événement s'en va, roulant des yeux de flamme,
Après avoir posé sa griffe sur mon âme,
Laissant à mon vers triste, âpre, meurtri, froissé,
Cette trace qu'on voit quand un monstre a passé.
Ceux qui regarderaient mon esprit dans cette ombre
Le trouveraient couvert des empreintes sans nombre
De tous ces jours d'horreur, de colère et d'ennui,
Comme si des lions avaient marché sur lui.

IV

UN CRI

Quand finira ceci? Quoi! ne sentent-ils pas
Que ce grand pays croule à chacun de leurs pas!
Châtier qui? Paris? Paris veut être libre.
Ici le monde, et là Paris; c'est l'équilibre.
Et Paris est l'abîme où couve l'avenir.
Pas plus que l'Océan on ne peut le punir,
Car dans sa profondeur et sous sa transparence
On voit l'immense Europe ayant pour cœur la France.
Combattants! combattants! qu'est-ce que vous voulez?
Vous êtes comme un feu qui dévore les blés,
Et vous tuez l'honneur, la raison, l'espérance!
Quoi! d'un côté la France et de l'autre la France!
Arrêtez, c'est le deuil qui sort de vos succès.
Chaque coup de canon de Français à Français
Jette, — car l'attentat à sa source remonte, —
Devant lui le trépas, derrière lui la honte.
Verser, mêler, après septembre et février,
Le sang du paysan, le sang de l'ouvrier,
Sans plus s'en soucier que de l'eau des fontaines!
Les Latins contre Rome et les Grecs contre Athènes!

Qui donc a décrété ce sombre égorgement?
Si quelque prêtre dit que Dieu le veut, il ment!
Mais quel vent souffle donc? Quoi? pas d'instants lucides!
Se retrouver héros pour être fratricides!
Horreur!

Mais voyez donc, dans le ciel, sur vos fronts,
Flotter l'abaissement, l'opprobre, les affronts!
Mais voyez donc là-haut ce drapeau d'ossuaire,
Noir comme le linceul, blanc comme le suaire!
Pour votre propre chute ayez donc un coup d'œil :
C'est le drapeau de Prusse et le drapeau du deuil!
Ce haillon insolent, il vous a sous sa garde.
Vous ne le voyez pas; lui, sombre, il vous regarde;
Il est comme l'Égypte au-dessus des Hébreux,
Lourd, sinistre, et sa gloire est d'être ténébreux.
Il est chez vous. Il règne. Ah! la guerre civile,
Triste après Austerlitz, après Sedan est vile!

Aventure hideuse! ils se sont décidés
A jouer la patrie et l'avenir aux dés;
Insensés! n'est-il pas de choses plus instantes
Que d'épaissir autour de ce rempart vos tentes?
Recommencer la guerre ayant encore au flanc,
O Paris, ô lion blessé, l'épieu sanglant!
Quoi! se faire une plaie avant de guérir l'autre!
Mais ce pays meurtri de vos coups, c'est le vôtre!
Cette mère qui saigne est votre mère! Et puis,

Les misères, la femme et l'enfant sans appuis,
Le travailleur sans pain, tout l'amas des problèmes
Est là terrible ; et vous, acharnés sur vous-mêmes,
Vous venez, toi rhéteur, toi soldat, toi tribun,
Les envenimer tous sans en résoudre aucun !

Vous recreusez le gouffre au lieu d'y mettre un phare.
Des deux côtés la même exécrable fanfare,
Le même cri : Mort ! Guerre ! — A qui ? réponds, Caïn !
Qu'est-ce que ces soldats une épée à la main,
Courbés devant la Prusse, altiers contre la France ?
Gardez donc votre sang pour votre délivrance !
Quoi ! pas de remords ! quoi ! le désespoir complet !
Mais qui donc sont-ils ceux à qui la honte plaît ?
O cieux profonds ! opprobre aux hommes, quels qu'ils soient,
Qui sur ce pavois d'ombre et de meurtre s'assoient,
Qui du malheur public se font un piédestal,
Qui soufflent, acharnés à ce duel fatal,
Sur le peuple indigné, sur le reître servile,
Et sur les deux tisons de la guerre civile ;
Qui remettent la ville éternelle en prison,
Rebâtissent le mur de haine à l'horizon,
Méditent on ne sait quelle victoire infâme,
Les droits brisés, la France assassinant son âme,
Paris mort, l'astre éteint, et qui n'ont pas frémi
Devant l'éclat de rire affreux de l'ennemi !

V

PAS DE REPRÉSAILLES

Je ne fais point fléchir les mots auxquels je crois;
Raison, progrès, honneur, loyauté, devoirs, droits.
On ne va point au vrai par une route oblique.
Sois juste; c'est ainsi qu'on sert la république;
Le devoir envers elle est l'équité pour tous;
Pas de colère; et nul n'est juste s'il n'est doux.
La Révolution est une souveraine;
Le peuple est un lutteur prodigieux qui traîne
Le passé vers le gouffre et l'y pousse du pied;
Soit. Mais je ne connais, dans l'ombre qui me sied,
Pas d'autre majesté que toi, ma conscience.
J'ai la foi. Ma candeur sort de l'expérience.
Ceux que j'ai terrassés, je ne les brise pas.
Mon cercle c'est mon droit, leur droit est mon compas;
Qu'entre mes ennemis et moi tout s'équilibre;
Si je les vois liés, je ne me sens pas libre;
A demander pardon j'userais mes genoux
Si je versais sur eux ce qu'ils jetaient sur nous.

Jamais je ne dirai : — « Citoyens, le principe
Qui se dresse pour nous contre nous se dissipe ;
Honorons la droiture en la congédiant ;
La probité s'accouple avec l'expédient. » —
Je n'irai point cueillir, tant je craindrais les suites,
Ma logique à la lèvre impure des jésuites ;
Jamais je ne dirai : — « Voilons la vérité ! »
Jamais je ne dirai : — « Ce traître a mérité,
Parce qu'il fut pervers, que, moi, je sois inique ;
Je succède à sa lèpre ; il me la communique ;
Et je fais, devenant le même homme que lui,
De son forfait d'hier ma vertu d'aujourd'hui.
Il était mon tyran, il sera ma victime. »
Le talion n'est pas un reflux légitime.
Ce que j'étais hier, je veux l'être demain.
Je ne pourrais pas prendre un crime dans ma main
En me disant : — Ce crime était leur projectile ;
Je le trouvais infâme et je le trouve utile ;
Je m'en sers, et je frappe, ayant été frappé. —
Non, l'espoir de me voir petit sera trompé.
Quoi ! je serais sophiste ayant été prophète !
Mon triomphe ne peut renier ma défaite ;
J'entends rester le même, ayant beaucoup vécu,
Et qu'en moi le vainqueur soit fidèle au vaincu.
Non, je n'ai pas besoin, Dieu, que tu m'avertisses ;
Pas plus que deux soleils je ne vois deux justices ;
Nos ennemis tombés sont là ; leur liberté
Et la nôtre, ô vainqueurs, c'est la même clarté.

En éteignant leurs droits nous éteignons nos astres.
Je veux, si je ne puis après tant de désastres
Faire de bien, du moins ne pas faire de mal.

La chimère est aux rois, le peuple a l'idéal.

Quoi ! bannir celui-ci, jeter l'autre aux bastilles !
Jamais ! Quoi ! déclarer que les prisons, les grilles,
Les barreaux, les geôliers et l'exil ténébreux,
Ayant été mauvais pour nous, sont bons pour eux !
Non, je n'ôterai, moi, la patrie à personne ;
Un reste d'ouragan dans mes cheveux frissonne,
On comprendra qu'ancien banni, je ne veux pas
Faire en dehors du juste et de l'honnête un pas ;
J'ai payé de vingt ans d'exil ce droit austère
D'opposer aux fureurs un refus solitaire
Et de fermer mon âme aux aveugles courroux ;
Si je vois les cachots sinistres, les verroux,
Les chaînes menacer mon ennemi, je l'aime,
Et je donne un asile à mon proscripteur même ;
Ce qui fait qu'il est bon d'avoir été proscrit;
Je sauverais Judas si j'étais Jésus-Christ.

Je ne prendrai jamais ma part d'une vengeance;
Trop de punition pousse à trop d'indulgence;
Et je m'attendrirais sur Caïn torturé.
Non, je n'opprime pas ! jamais je ne tuerai !
Jamais, ô Liberté, devant ce que je brise,

On ne te verra faire un signe de surprise.

Peuple, pour te servir, en ce siècle fatal,

Je veux bien renoncer à tout, au sol natal,

A ma maison d'enfance, à mon nid, à mes tombes,

A ce bleu ciel de France où volent des colombes,

A Paris, champ sublime où j'étais moissonneur,

A la patrie, au toit paternel, au bonheur;

Mais j'entends rester pur, sans tache et sans puissance.

Je n'abdiquerai pas mon droit à l'innocence.

VI

Le penseur est lugubre au fond des solitudes.
Ce n'est plus l'esprit calme aux graves attitudes;
Les éclairs indignés dans sa prunelle ont lui;
Il n'est plus libre, il a de la colère en lui;
Il est le prisonnier sinistre de la haine.
Lui, ce frère apaisant l'homme dans sa géhenne,
Lui, dont la vie en flots d'amour se répandit,
Lui le consolateur, le voilà qui maudit!
Lui qui croyait n'avoir jamais d'autre souffrance
Que tout le genre humain, il souffre dans la France;
Il reconnaît qu'il est sur terre un coin sacré,
La patrie, et cher, même au cœur démesuré,
Et que l'âme du sage est quelquefois amère,
Et qu'il redevient fils s'il voit saigner sa mère.

Certe, il ne sera pas toujours désespéré.
Un jour dans son regard reviendront par degré
Les augustes rayons de l'aube après l'éclipse;
On verra, certe, après l'infâme apocalypse,
Reparaître sur lui lentement les blancheurs
Que Dieu fait dans la nuit poindre au front des chercheurs
Et que de loin envoie à l'homme, au gouffre, au bagne,

Le grand astre caché derrière la montagne.
Oui, la paix renaîtra. Les peuples s'aimeront.

En attendant, il gronde et médite. L'affront
Est une majesté de plus pour ce génie.
Il a des flamboiements de fureur infinie ;
Fauve, il menace. Arrière, union, joie, amour !
On doit la paix au cygne et la guerre au vautour.
Est-ce qu'on ne voit pas qu'il pleure sa patrie ?

Il jette aux vents sa strophe irritée et meurtrie :
Par moments il regarde au loin, l'œil plein d'ennui ;
On dirait qu'il fait fuir des monstres devant lui
Avec une secousse énorme de crinière ;
Il semble un spectre errant qui n'a plus de tanière ;
Son pied heurte inquiet le sol traître et peu sûr.

Deuil ! la nuit sans étoile et le ciel sans azur ;
L'Europe aux fers ; au lieu de la France une morte ;
La lumière est vaincue et le néant l'emporte ;
L'avenir se dédit, la gloire se dément ;
Plus d'honneur, plus de foi, plus rien ; l'abaissement,
L'oubli, l'opprobre, un flot de lâcheté qui monte.

Il sent l'âpre aiguillon de toute cette honte ;
L'allure du blessé redoutable lui sied.
Ce lion boite ayant cette épine à son pied.

VII

Oh ! qui que vous soyez, qui voulez être maîtres,
Je vous plains. Vils, méchants, féroces, lâches, traîtres,
Vous périrez par ceux que vous croyez tenir.
Le présent est l'enclume où se fait l'avenir.
L'araignée est plus tard prise en ses propres toiles.
Aux noirs événements si vous ôtiez leurs voiles,
Vous reconnaîtriez, tremblants, nus, mis en croix,
Dans ces bourreaux masqués vos fautes d'autrefois ;
Derrière lui le meurtre, ivresse, succès, gloire,
Laisse un vomissement qu'un jour il faudra boire ;
En étouffant en vous l'horreur, l'inimitié,
La rage, c'est de vous que vous auriez pitié ;
Les dépenses de sang innocent sont des dettes ;
La trace de l'effort violent que vous faites
Pour être à jamais rois et dieux solidement,
Vous la retrouverez dans votre écroulement ;
Votre fureur revient sur vous, et vous châtie ;
La foudre qui sur vous tombe, est de vous sortie,
Si bien que le sort donne à la même action
Deux noms, crime d'abord, plus tard punition.

VIII

.

Pendant que la mer gronde et que les vagues roulent,
Et que sur l'horizon les tumultes s'écroulent,
Ce veilleur, le poëte, est monté sur sa tour.

Ce qu'il veut, c'est qu'enfin la concorde ait son tour.

Jadis, dans les temps noirs comme ceux où nous sommes,
Le poëte pensif ne se mêlait aux hommes
Que pour les désarmer et leur verser son cœur ;
Il aimait le vaincu sans haïr le vainqueur ;
Il suppliait l'armée, il suppliait la ville ;
Aux vivants aveuglés par la guerre civile
Il montrait la clarté du vrai, du grand, du beau,
Étant plus qu'eux tourné du côté du tombeau ;

Et cet homme, au milieu d'un monde inexorable,
Était le messager de la paix vénérable.
Il criait : N'a-t-on point assez souffert, hélas !
Ne serons-nous pas bons à force d'être las ?
C'était la fonction de cette voix qui passe
De demander à tous, pour tous, Paix ! Pitié ! Grâce !
Les devoirs sont encor les mêmes aujourd'hui.
Le poëte, humble jonc, a son cœur pour appui.
Il veut que l'homme vive, il veut que l'homme crée.
Le ciel, cette demeure inconnue et sacrée,
Prouve par sa beauté l'éternelle douceur ;
La poësie au front lumineux est la sœur
De la clémence, étant la sœur de l'harmonie ;
Elle affirme le vrai que la colère nie,
Et le vrai c'est l'espoir, le vrai c'est la bonté ;
Le grand rayon de l'art c'est la fraternité.
A quoi bon aggraver notre sort par la haine?
Oh ! si l'homme pouvait écouter la géhenne,
Si l'on savait la langue obscure des enfers, —
De cette profondeur pleine du bruit des fers,
De ce chaos hurlant d'affreuses destinées,
De tous ces pauvres cœurs, de ces bouches damnées,
De ces pleurs, de ces maux sans fin, de ces courroux,
On entendrait sortir ce chant sombre : Aimons-nous !

L'ouragan, l'océan, la tempête, l'abîme,
Et le peuple, ont pour loi l'apaisement sublime ;
Et, quand l'heure est venue enfin de s'épouser,

Le gouffre éperdu donne à la terre un baiser !
Car rien n'est forcené, terrible, effréné, libre,
Convulsif, effaré, fou, que pour l'équilibre ;
Car il faut que tout cède aux branches du compas ;
Car l'indignation des flots ne dure pas ;
L'écume est furieuse et n'est pas éternelle ;
Le plus fauve aquilon demande à ployer l'aile ;
Toute nuit mène à l'aube et le soleil est sûr :
Tout orage finit par ce pardon, l'azur.

MAI

—

I

LES DEUX TROPHÉES

*

Peuple, ce siècle a vu tes travaux surhumains.
Il t'a vu repétrir l'Europe dans tes mains.
Tu montras le néant du sceptre et des couronnes
Par ta façon de faire et défaire des trônes ;
À chacun de tes pas tout croissait d'un degré ;
Tu marchais ; tu faisais sur le globe effaré
Un ensemencement formidable d'idées ;
Tes légions étaient les vagues débordées
Du progrès s'élevant de sommets en sommets ;
La Révolution te guidait ; tu semais

Danton en Allemagne et Voltaire en Espagne ;
Ta gloire, ô peuple, avait l'aurore pour compagne,
Et le jour se levait partout où tu passais ;
Comme on a dit les Grecs on disait les Français ;
Tu détruisais le mal, l'enfer, l'erreur, le vice,
Ici le moyen âge et là le saint-office ;
Superbe, tu luttais contre tout ce qui nuit ;
Ta clarté grandissante engloutissait la nuit ;
Toute la terre était à tes rayons mêlée ;
Tandis que tu montais dans ta voie étoilée,
Les hommes t'admiraient, même dans tes revers ;
Parfois tu t'envolais planant ; et l'univers,
Vingt ans, du Tage à l'Elbe et du Nil à l'Adige,
Fut la face éblouie, et tu fus le prodige ;
Et tout disparaissait, — Histoire, souviens-t'en, —
Même le chef géant, sous le peuple titan.

De là deux monuments élevés à ta gloire,
Le pilier de puissance et l'arche de victoire,
Qui tous deux sont toi-même, ô peuple souverain,
L'un étant de granit et l'autre étant d'airain.

Penser qu'on fut vainqueur autrefois est utile.
Oh ! ces deux monuments, que craint l'Europe hostile,
Comme on va les garder, et comme nuit et jour
On va veiller sur eux avec un sombre amour !
Ah ! c'est presque un vengeur qu'un témoin d'un autre âge !
Nous les attesterons tous deux, nous qu'on outrage ;

Nous puiserons en eux l'ardeur de châtier.

Sur ce hautain métal et sur ce marbre altier,

Oh! comme on cherchera d'un œil mélancolique

Tous ces fiers vétérans, fils de la République!

Car l'heure de la chute est l'heure de l'orgueil ;

Car la défaite augmente, aux yeux du peuple en deuil,

Le resplendissement farouche des trophées ;

Les âmes de leur feu se sentent réchauffées ;

La vision des grands est salubre aux petits.

Nous éterniserons ces monuments, bâtis

Par les morts dont survit l'œuvre extraordinaire ;

Ces morts puissants jadis passaient dans le tonnerre,

Et de leur marche encore on entend les éclats;

Et les pâles vivants d'à présent sont, hélas !

Moins qu'eux dans la lumière et plus qu'eux dans la tombe.

Écoutez, c'est la pioche! écoutez, c'est la bombe

Qui donc fait bombarder? qui donc fait démolir?

Vous !

*

Le penseur frémit, pareil au vieux roi Lear

Qui parle à la tempête et lui fait des reproches.

Quels signes effrayants! d'affreux jours sont-ils proches ?

Est-ce que l'avenir peut être assassiné?

Est-ce qu'un siècle meurt quand l'autre n'est pas né ?
Vertige ! de qui donc Paris est-il la proie ?
Un pouvoir le mutile, un autre le foudroie.
Ainsi deux ouragans luttent au Sahara.
C'est à qui frappera, c'est à qui détruira.
Peuple, ces deux chaos ont tort ; je blâme ensemble
Le firmament qui tonne et la terre qui tremble.

*

Soit. De ces deux pouvoirs, dont la colère croît,
L'un a pour lui la loi, l'autre a pour lui le droit ;
Versaille a la paroisse et Paris la commune ;
Mais sur eux, au-dessus de tous, la France est une ;
Et d'ailleurs, quand il faut l'un sur l'autre pleurer,
Est-ce bien le moment de s'entre-dévorer,
Et l'heure pour la lutte est-elle bien choisie ?
O fratricide ! Ici toute la frénésie
Des canons, des mortiers, des mitrailles ; et là
Le vandalisme ; ici Charybde, et là Scylla.
Peuple, ils sont deux. Broyant tes splendeurs étouffées ;
Chacun ôte à ta gloire un de tes deux trophées ;
Nous vivons dans des temps sinistres et nouveaux ;
Et de ces deux pouvoirs étrangement rivaux
Par qui le marteau frappe et l'obus tourbillonne,
L'un prend l'Arc de Triomphe et l'autre la Colonne !

★

Mais c'est la France! Quoi, Français, nous renversons
Ce qui reste debout sur les noirs horizons !
La grande France est là! Qu'importe Bonaparte!
Est-ce qu'on voit un roi quand on regarde Sparte?
Otez Napoléon, le peuple reparaît.
Abattez l'arbre, mais respectez la forêt.
Tous ces grands combattants, tournant sur ces spirales
Peuplant les champs, les tours, les barques amirales,
Franchissant murs et ponts, fossés, fleuves, marais,
C'est la France montant à l'assaut du progrès.
Justice! ôtez de là César, mettez-y Rome.
Qu'on voie à cette cime un peuple et non un homme;
Condensez en statue au sommet du pilier
Cette foule en qui vit ce Paris chevalier,
Vengeur des droits, vainqueur du mensonge féroce !
Que le fourmillement aboutisse au colosse!
Faites cette statue en un si pur métal
Qu'on n'y sente plus rien d'obscur ni de fatal;
Incarnez-y la foule, incarnez-y l'élite;
Et que ce géant Peuple et que ce grand stylite
Du lointain idéal éclaire le chemin,
Et qu'il ait au front l'astre et l'épée à la main !

Respect à nos soldats, rien n'égalait leurs tailles

13

La Révolution gronde en leurs cent batailles ;
La Marseillaise, effroi du vieux monde obscurci ,
S'est faite pierre là, s'est faite bronze ici ;
De ces deux monuments sort un cri : Délivrance !

*

Quoi ! de nos propres mains nous achevons la France !
Quoi ! c'est nous qui faisons cela ! nous nous jetons
Sur ce double trophée envié des Teutons,
Torche et massue aux poings, tous à la fois, en foule !
C'est sous nos propres coups que notre gloire croule !
Nous la brisons d'en haut, d'en bas, de près, de loin,
Toujours, partout, avec la Prusse pour témoin !
Ils sont là, ceux à qui fut livrée et vendue
Ton invincible épée, ô patrie éperdue !
Ils sont là ceux par qui tomba l'homme de Ham !
C'est devant Reichshoffen qu'on efface Wagram !
Marengo raturé, c'est Waterloo qui reste.
La page altière meurt sous la page funeste ;
Ce qui souille survit à ce qui rayonna ;
Et pour garder Forbach on supprime Iéna !
Mac-Mahon fait de loin pleuvoir une rafale
De feu, de fer, de plomb, sur l'arche triomphale ;
Honte ! un drapeau tudesque étend sur nous ses plis,
Et regarde Sedan souffleter Austerlitz !

Où sont les Charentons, France ? où sont les Bicêtres ?
Est-ce qu'ils ne vont pas se lever, les ancêtres,
Ces dompteurs de Brunswick, de Cobourg, de Bouillé,
Terribles, secouant leur vieux sabre rouillé,
Cherchant au ciel la grande aurore évanouie !
Est-ce que ce n'est pas une chose inouïe
Qu'il soient violemment de l'histoire chassés,
Eux qui se prodiguaient sans jamais dire : Assez !
Eux qui tinrent le pape et les rois, l'ombre noire
Et le passé, captifs et cernés dans leur gloire,
Eux qui de l'ancien monde avaient fait le blocus,
Eux les pères vainqueurs, par nous les fils vaincus !

Hélas! ce dernier coup après tant de misères,
Et la paix incurable où saignent deux ulcères,
Et tous ces vains combats, Avron, Bourget, l'Hay !
Après Strasbourg brûlée, après Paris trahi !
La France n'est donc pas encore assez tuée ?

Si la Prusse, à l'orgueil sauvage habituée,
Voyant ses noirs drapeaux enflés par l'aquilon,
Si la Prusse, tenant Paris sous son talon,
Nous eût crié : — Je veux que vos gloires s'enfuient.
Français, vous avez là deux restes qui m'ennuient,
Ce pilastre d'airain, cet arc de pierre ; il faut
M'en délivrer ; ici, dressez un échafaud,
Là, braquez des canons ; ce soin sera le vôtre.
Vous démolirez l'un, vous mitraillerez l'autre.

Je l'ordonne. — O fureur! comme on eût dit : Souffrons!
Luttons! c'est trop! ceci passe tous les affronts!
Plutôt mourir cent fois! nos morts seront nos fêtes!
Comme on eût dit : Jamais! Jamais! —

Et vous le faites!

II

Les siècles sont au peuple; eux, ils ont le moment,
Ils en usent. O lutte étrange! Acharnement!
Chacun à grand bruit coupe une branche de l'arbre,
Là, des éclats d'airain, là, des éclats de marbre;
La colonne romaine ainsi que l'arc français
Tombent. Que dirait-on de toi si tu faisais
Envoler ton lion de Saint-Marc, ô Venise!
L'histoire est balafrée et la gloire agonise.
Quoi qu'on puisse penser de la France d'hier,
De cette rude armée et de ce peuple fier,
Et de ce que ce siècle à son troisième lustre
Avait rêvé, tenté, voulu, c'était illustre.
Pourquoi l'effacement? qu'a-t-on créé d'ailleurs
Pour les déshérités et pour les travailleurs?
A-t-on fermé le bagne? A-t-on ouvert l'école?

On détruit Marengo, Lodi, Wagram, Arcole;
A-t-on du moins fondé le droit universel?
Le pauvre a-t-il le toit, le feu, le pain, le sel?
A-t-on mis l'atelier, a-t-on mis la chaumière
Sous une immense loi de vie et de lumière?
A-t-on déshonoré la guerre en renonçant
A l'effusion folle et sinistre du sang?
A-t-on refait le code à l'image du juste?
A-t-on bâti l'autel de la clémence auguste?
A-t-on édifié le temple où la clarté
Se condense en raison et devient liberté?
A-t-on doté l'enfant et délivré la femme?
A-t-on planté dans l'homme, au plus profond de l'âme,
L'arbre du vrai, croissant de l'erreur qui décroît?
Offre-t-on au progrès, toujours trop à l'étroit,
Quelque élargissement d'horizon et de route?
Non: des ruines; rien. Soit. Quant à moi, je doute
Qu'on soit quitte pour dire au peuple murmurant:
Ce qu'on fait est petit, mais ce qu'on brise est grand.

III

PARIS INCENDIÉ

★

Mais où donc ira-t-on dans l'horreur? et jusqu'où?

Une voix basse dit : Pourquoi pas? et Moscou?

Ah! ce meurtre effrayant est un meurtre imbécile!
Supprimer l'Agora, le Forum, le Pœcile,
La cité qui résume Athènes, Rome et Tyr,
Faire de tout un peuple un immense martyr,
Changer le jour en nuit, changer l'Europe en Chine,
Parce qu'il fut un ours appelé Rostopschine !
Il faut brûler Paris, puisqu'on brûla Moscou !
Parce que la Russie adora son licou,
Parce qu'elle voulut, broyant sa ville en cendre,
Chasser Napoléon pour garder Alexandre,
Parce que cela plut au czar en son divan,
Parce que, l'œil fixé sur la croix d'or d'Yvan,
Un barbare a sauvé son pays par un crime,
Il faut jeter la France étoilée à l'abîme!

Mais vous, par qui les droits du peuple sont trahis,
Vous commettez le crime et perdez le pays !
Ce Rostopschine est grand de la grandeur sauvage ;
La stature qui peut rester à l'esclavage,
Il l'a toute, et cet homme, une torche à la main,
Rentre dans sa patrie et sort du genre humain ;
C'est le vieux Scythe noir, c'est l'antique Gépide ;
Il est féroce, il est sublime, il est stupide ;
On sait ce qu'il a fait, on ne sait s'il comprit ;
Il serait un héros s'il était un esprit.
Les siècles sur leur cime ont quatre sombres flammes ;
L'une où brille altier, vil, roi des gloires infâmes,
Le meurtrier d'Éphèse embouchant son clairon.
L'autre où se dresse Omar, l'autre où chante Néron ;
Rostopschine est comme eux flamboyant dans l'histoire ;
De ces quatre lueurs la sienne est la moins noire.
Mais vous, qui venez-vous copier ?

                                        Vous pencher
Sur Paris ! allumer un cinquième bûcher !
Quoi ! l'on verrait Paris comme la neige fondre !
Quoi ! vous vous méprenez à ce point de confondre
La ville qui nuisait et la ville qui sert !
Moscou fut la Babel sinistre du désert,
L'antre où la raison boite, où la vérité louche,
Citadelle du moine et du boyard, farouche
Au point que nul progrès ne put habiter là,
Nids d'éperviers d'où Pierre, un vautour, s'envola.

Moscou c'était l'Asie et Paris c'est l'Europe.

Quoi! du même linceul inepte on enveloppe

Et dans la même tombe on veut faire tenir

Moscou, le passé triste, et Paris, l'avenir!

Moscou de moins, qu'importe? ôtez Paris, quelle ombre!

La boussole est perdue et le navire sombre;

Le progrès stupéfait ne sait plus son chemin.

Si vous crevez cet œil énorme au genre humain,

Ce cyclope est aveugle, et, hors des faits possibles,

Il marche en tâtonnant avec des cris terribles;

Du côté de la pente il va dans l'inconnu.

                    ★

Sans Paris, l'avenir naîtra reptile et nu.

Paris donne un manteau de lumière aux idées.

Les erreurs, s'il les a seulement regardées,

Tremblent subitement et s'écroulent, ayant

En elles le rayon de cet œil foudroyant.

Comme au-dessous du temple on retrouve la crypte,

Et comme sous la Grèce on retrouve l'Égypte,

Et sous l'Égypte l'Inde, et sous l'Inde la nuit,

Sous Paris, par les temps et les races construit,

On retrouve, en creusant, toute la vieille histoire.

L'homme a gagné Paris ainsi qu'une victoire.

Le lui prendre à présent, c'est lui rendre son bât,

C'est frustrer son labeur, c'est voler son combat.
A quoi bon avoir tant lutté si tout s'effondre!
Thèbe, Ellorah, Memphis, Carthage, aujourd'hui Londre,
Tous les peuples, qu'unit un vénérable hymen,
De la raison humaine et du devoir humain
Ont créé l'alphabet, et Paris fait le livre.
Paris règne. Paris, en existant, délivre.
Par cela seul qu'il est, le monde est rassuré.

Un vaisseau comme un sceptre étendant son beaupré
Est son emblème; il fait la grande traversée,
Il part de l'ignorance et monte à la pensée.
Il sait l'itinéraire; il voit le but; il va
Plus loin qu'on ne voulut, plus haut qu'on ne rêva,
Mais toujours il arrive; il cherche, il crée, il fonde,
Et ce que Paris trouve est trouvé pour le monde.
Une évolution du globe tout entier
Veut Paris pour pivot et le prend pour chantier,
Et n'est universelle enfin qu'étant française;
Londre a Charles premier, Paris a Louis seize;
Londre a tué le roi, Paris la royauté;
Ici le coup de hache à l'homme est limité,
Là c'est la monarchie énorme et décrépite,
C'est le passé, la nuit, l'enfer, qu'il décapite.
Un mot que dit Paris est un ambassadeur;
Paris sème des lois dans toute profondeur.
Sans cesse, à travers l'ombre et la brume malsaine,
Il sort de cette forge, il sort de cette cène

Une flamme qui parle ; il remplit le ciel bleu
De l'éternel départ de ses langues de feu.
On voit à chaque instant une troupe de rêves
Sublimes, qui, portant des flambeaux ou des glaives,
S'échappe de Paris et va dans l'univers ;
Dante vient à Paris faire son premier vers ;
Là Montesquieu construit les lois, Pascal les règles ;
C'est de Paris que prend son vol l'essaim des aigles.

Paris veut que tout monte au suprême degré ;
Il dresse l'idéal sur le démesuré ;
A l'appui du progrès, à l'appui des idées,
Il donne des raisons hautes de cent coudées ;
Pour cime et pour refuge il a la majesté
Des principes remplis d'une altière clarté ;
Le fier sommet du vrai, voilà son acropole ;
Il extrait Mirabeau du siècle de Walpole ;
Ce Paris qui pour tous fit toujours ce qu'il put
Est parfois Sybaris et jamais Lilliput,
Car la méchanceté naît où la hauteur cesse ;
Avec la petitesse on fait de la bassesse,
Et Paris n'est jamais petit ; il est géant
Jusque dans sa poussière et jusqu'en son néant ;
Le fond de ses fureurs est bon ; jamais la haine
Ne trouble sa colère auguste et ne la gêne ;
Le cœur s'attendrit mieux lorsque l'esprit comprend,
Et l'on n'est le meilleur qu'en étant le plus grand.
De là la dignité de Paris, sa logique

Souffrant pour l'homme avec une douceur tragique,
Et la fraternité qui gronde en son courroux.
Les tyrans dans leurs camps, les hiboux dans leurs trous,
Le craignent; car voulant la paix, il veut l'aurore.
A la tendance humaine, obscure et vague encore,
Il creuse un lit, il fixe un but, il donne un sens;
Du juste et de l'injuste il connaît les versants:
Et du côté de l'aube il l'aide à se répandre.
Certains problèmes sont des fruits d'or pleins de cendre.
Le fond de l'un est Tout, le fond de l'autre est Rien;
On peut trouver le mal en cherchant trop le bien;
Paris le sait; Paris choisit ce qui doit vivre.
Le droit parfois devient un vin dont on s'enivre;
Ayant tout éveillé Paris peut tout calmer;
Sa grande loi Combattre a pour principe Aimer;
Paris admet l'agape et non la saturnale,
Et c'est lui qui, soudain, de l'énigme infernale,
Souffle le mot céleste au sphinx déconcerté.

Où le sphinx dit : Chaos, Paris dit : Liberté!

Lieu d'éclosion! centre éclatant et sonore
Où tous les avenirs trouvent toute l'aurore!
O rendez-vous sacré de tous les lendemains!
Point d'intersection des vastes pas humains!
Paris, ville, esprit, voix! tu parles, tu rédiges,
Tu décrètes, tu veux! chez toi tous les prodiges
Viennent se rencontrer comme en leur carrefour.

Du paria de l'Inde au nègre du Darfour,
Tout sent un tremblement si ton pavé remue.
Paris, l'esprit humain dans ton nid fait sa mue;
Langue nouvelle, droits nouveaux, nouvelles lois.
Être français après avoir été gaulois,
Il te doit tous ces grands changements de plumages.
Non, qui que vous soyez, non, quels que soient vos mages,
Vos docteurs, vos guerriers, vos chefs, quelle que soit
Votre splendeur qu'au fond de l'ombre on aperçoit,
O cités, fussiez-vous de phares constellées,
Quels que soient vos palais, vos tours, vos propylées,
Vos clartés, vos rumeurs, votre fourmillement,
Le genre humain gravite autour de cet aimant,
Paris, l'abolisseur des vieilles mœurs serviles,
Et vous ne pourrez pas le remplacer, ô villes,
Et, lui mort, consoler l'univers orphelin,
Non, non, pas même toi, Londres, ni toi, Berlin,
Ni toi Vienne, ni toi Madrid, ni toi Byzance,
Si vous n'avez ainsi que lui cette puissance,
La joie, et cette force étrange, la bonté;
Si, comme ce Paris charmant et redouté,
Vous n'avez cet éclair, l'amour, et si vous n'êtes
Océan aux ruisseaux et soleil aux planètes.

Car le genre humain veut que sa ville ait au front
L'auréole et dans l'œil le rire vif et prompt,
Qu'elle soit grande, gaie, héroïque et jalouse,
Et reste sa maîtresse en étant son épouse;

Et dire que cette œuvre auguste, que mille ans
Et mille ans ont bâtie, industrieux et lents,
Que la cité héros, que la ville prophète,
Dire, ô cieux éternels! que la merveille faite
Par vingt siècles pensifs, patients et profonds,
Qui créèrent la flamme où nous nous réchauffons
Et mirent cette ville au centre de la sphère,
Une heure folle aurait suffi pour la défaire!

★

Sombre année. Épopée en trois livres hideux.
Les hommes n'ont rien vu de tel au-dessus d'eux.
Attila. Puis Caïn. Maintenant Érostrate.

O torche misérable, abjecte, aveugle, ingrate!
Quoi! disperser la ville unique à tous les vents!
Ce Paris qui remplit de son cœur les vivants,
Et fait planer qui rampe et penser qui végète!
Jeter au feu Paris comme le pâtre y jette,
En le poussant du pied, un rameau de sapin!
Quoi! tout sacrifier! quoi! le grenier du pain!
Quoi! la Bibliothèque, arche où l'aube se lève,
Insondable A B C de l'idéal, où rêve
Accoudé, le progrès, ce lecteur éternel,
Porte éclatante ouverte au bout du noir tunnel,

Grange où l'esprit de l'homme a mis sa gerbe immense !

Pour qui travaillez-vous? où va votre démence?
Deux faces ici-bas se regardent, le jour
Et la nuit, l'âpre Haine et le puissant Amour,
Deux principes, le bien et le mal, se soufflettent,
Et deux villes, qui sont deux mystères, reflètent
Ce choc de deux éclairs devant nos yeux émus,
Et Rome est Arimane et Paris est Ormus.
Rome est le maître-autel où les vieux dogmes fument;
Au sommet de Paris à flots de pourpre écument
En pleine éruption toutes les vérités,
La justice, jetant des rayons irrités,
La liberté, le droit, ces grandes clartés vierges.
En face de la Rome où vacillent les cierges,
Des révolutions Paris est le volcan.
Ici l'Hôtel-de-Ville et là le Vatican.
C'est au profit de l'un qu'on supprimerait l'autre.
Rome hait la raison dont Paris est l'apôtre.
O malheureux! voyez où l'on vous entraîna.
Devant le lampion vous éteignez l'Etna!
Il ne resterait plus que cette lueur vile.
Le Vatican prospère où meurt l'Hôtel-de-Ville.
Deuil! folie! immoler l'âme au suaire noir,
La parole au bâillon, l'étoile à l'éteignoir,
La vérité qui sauve au mensonge qui frappe,
Et le Paris du peuple à la Rome du pape!

★

Le genre humain peut-il être décapité?

Vous imaginez-vous cette haute cité
Qui fut des nations la parole, l'ouïe,
La vision, la vie et l'âme, évanouie!
Vous représentez-vous les peuples la cherchant?
On ne voit plus sa lampe, on n'entend plus son chant ;
C'était notre théâtre et notre sanctuaire ;
Elle était sur le globe ainsi qu'un statuaire
Sculptant l'homme futur à grands coups de maillet;
L'univers espérait quand elle travaillait;
Elle était l'éternelle, elle était l'immortelle;
Qu'est-il donc arrivé d'horrible? où donc est-elle?
Vous les figurez-vous s'arrêtant tout à coup?
Quel est ce pan de mur dans les ronces debout?
Le Panthéon ; ce bronze épars, c'est la Colonne;
Ce marais où l'essaim des corbeaux tourbillonne,
C'est la Bastille ; un coin farouche où tout se tait,
Où rien ne luit, c'est là que Notre-Dame était;
La limace et le ver souillent de leurs morsures
Les pierres, ossements augustes des masures;
Pas un toit n'est resté de toutes ces maisons
Qui du progrès humain reflétaient les saisons;

Pas une de ces tours, silhouettes superbes ;
Plus de ponts, plus de quais ; des étangs sous des herbes,
Un fleuve extravasé dans l'ombre, devenu
Informe, et s'en allant dans un bois inconnu ;
Le vague bruit de l'eau que le vent triste emporte.
Et voyez-vous l'effet que ferait cette morte !

★

Mais qui donc a jeté ce tison? Quelle main,
Osant avec le jour tuer le lendemain,
A tenté ce forfait, ce rêve, ce mystère
D'abolir la ville astre, âme de notre terre,
Centre en qui respirait tout ce qu'on étouffait?
Non, ce n'est pas toi, peuple, et tu ne l'as pas fait.
Non, vous les égarés, vous n'êtes pas coupables !
Le vénéneux essaim des causes impalpables,
Les vieux faits devenus invisibles vous ont
Troublé l'âme, et leur aile a battu votre front ;
Vous vous êtes sentis enivrés d'ombre obscure ;
Le taon vous poursuivait de son âcre piqûre,
Une rouge lueur flottait devant vos yeux,
Et vous avez été le taureau furieux.

J'accuse la Misère, et je traîne à la barre
Cet aveugle, ce sourd, ce bandit, ce barbare,

14

Le Passé ; je dénonce, ô royauté, chaos,
Tes vieilles lois d'où sont sortis les vieux fléaux !
Elles pèsent sur nous, dans le siècle où nous sommes,
Du poids de l'ignorance effrayante des hommes ;
Elles nous changent tous en frères ennemis ;
Elles seules ont fait le mal ; elles ont mis
La torche inepte aux mains des souffrants implacables ;
Elles forgent les nœuds d'airain, les affreux câbles,
Les dogmes, les erreurs, dont on veut tout lier ;
Rapetissent l'école et ferment l'atelier ;
Leur palais a ce gui misérable, l'échoppe ;
Elles font le jour louche et le regard myope ;
Courbent les volontés sous le joug étouffant ;
Vendent à la chaumière un peu d'air, à l'enfant
L'alphabet du mensonge, à tous la clarté fausse ;
Creusent mal le sillon et creusent bien la fosse ;
Ne savent ce que c'est qu'enseigner, qu'apaiser ;
Ont de l'or pour payer à Judas son baiser,
N'en ont point pour payer à Colomb son voyage ;
N'ont point, depuis les temps de Cyrus, d'Astyage,
De Cécrops, de Moïse et de Deucalion,
Fait un pas hors du lâche et sanglant talion ;
Livrent le faible aux forts, refusent l'âme aux femmes,
Sont imbéciles, sont féroces, sont infâmes !
Je dénonce les faux pontifes, les faux dieux,
Ceux qui n'ont pas d'amours et ceux qui n'ont pas d'yeux !
Non, je n'accuse rien du présent, ni personne ;
Non, le cri que je pousse et le glas que je sonne,

C'est contre le passé, fantôme encor debout

Dans les lois, dans les mœurs, dans les haines, dans tout.

J'accuse, ô nos aïeux, car l'heure est solennelle,

Votre société, la vieille criminelle!

La scélérate a fait tout ce que nous voyons;

C'est elle qui sur l'âme et sur tous les rayons

Et sur tous les essors posa ses mains immondes;

Elle qui l'un par l'autre éclipsa les deux mondes,

La raison par la foi, la foi par la raison;

Elle qui mit au haut des lois une prison;

Elle qui, fourvoyant les hommes, même en France,

Créa la cécité qu'on appelle ignorance,

Leur ferma la science, et, marâtre pour eux,

Laissant noirs les esprits, fit les cœurs ténébreux!

Je l'accuse et je veux qu'elle soit condamnée.

Elle vient d'enfanter cette effroyable année.

Elle égare parfois jusqu'à d'affreux souhaits

Toi-même, ô peuple immense et puissant qui la hais!

Le bœuf meurtri se dresse et frappe à coups de corne.

Elle a créé la foule inconsciente et morne,

Elle a tout opprimé, tout froissé, tout plié,

Tout blessé; la rancune est un glaive oublié,

Mais qu'on retrouve; hélas! la haine est une dette.

Cette société que les vieux temps ont faite,

Depuis deux mille ans règne, usurpe notre bien,

Notre droit, et prend tout même à ceux qui n'ont rien;

Elle fait dévorer le peuple aux parasites;

La guerre et l'échafaud, voilà ses réussites;

Elle n'a rien laissé que l'instinct animal
Au sauvage embusqué dans la forêt du mal ;
Elle répond de tout ce que peut faire l'homme ;
La bête fauve sort de la bête de somme,
L'esclave sous le fouet se révolte, et, battu,
Fuit dans l'ombre, et demande à l'enfer : Me veux-tu?
Étonnez-vous après, ô semeurs de tempêtes,
Que ce souffre-douleur soit votre trouble-fêtes,
Et qu'il vous donne tort à tous sur tous les points ;
Qu'il soit hagard, fatal, sombre, et que ses deux poings
Reviennent tout à coup sur notre tragédie
Secouer, l'un le meurtre, et l'autre l'incendie!
J'accuse le passé, vous dis-je! il a tout fait.
Quand il abrutissait le peuple, il triomphait.
Il a Dieu pour fantôme et Satan pour ministre.
Hélas! il a créé l'indigence sinistre
Qui saigne et qui se venge au hasard, sans savoir,
Et qui devient la haine, étant le désespoir!

Qui que vous soyez, vous que je sers et que j'aime,
Souffrants que dans le mal la main du crime sème,
Et que j'ai toujours plaints, avertis, défendus,
O vous les accablés, ô vous les éperdus,
Nos frères, repoussez celui qui vous exploite!
Suivez l'esprit qui plane et non l'esprit qui boite ;
Montez vers l'avenir, montez vers les clartés ;
Mais ne vous laissez plus entraîner! résistez!
Résistez, quel que soit le nom dont il se nomme,

A quiconque vous donne un conseil contre l'homme;
Résistez aux douleurs, résistez à la faim.
Si vous saviez combien on fut près de la fin!

*

Oh! l'applaudissement des spectres est terrible!
Peuple, sur ta cité, comme aux temps de la Bible,
Quand l'incendie aux crins de flamme se leva,
Quand, ainsi que Ninive en proie à Jehovah,
Lutèce agonisa, maison de la lumière;
Quand le Louvre prit feu comme un toit de chaumière,
Avec mil huit cent trente, avec quatre-vingt-neuf;
Quand la Seine coula rouge sous le pont Neuf;
Quand le Palais, école où la justice épelle,
Soudain se détachant de la Sainte-Chapelle,
Tomba comme un haillon qu'une femme découd;
Quand la destruction empourpra tout à coup
Le haut temple où Voltaire et Jean-Jacques dormirent,
Et tout ce vaste amas que les peuples admirent,
Dômes, arcs triomphaux, cirques, frontons, pavois,
D'où partent des clartés et d'où sortent des voix,
Quand on crut un moment voir la cité de gloire
D'espérance et d'azur changée en ville noire,
Et Paris en fumée affreuse dissipé;
Ce flamboiement lugubre, ainsi que dans Tempé

Avril vient doucement agiter les colombes,
Réveilla dans l'horreur sépulcrale les tombes ;
Et l'horizon s'emplit de fantômes criant :
O trépassés, venez voir mourir l'Orient !
Les méduses riaient avec leurs dents funèbres ;
Le ciel eut peur, la joie infâme des ténèbres
Éclata, l'ombre vint insulter le flambeau ;
Torquemada sortit du gouffre et dit : C'est beau.
Cisneros dit : Voilà le grand bûcher de l'Homme !
Sanchez grinça : L'abîme est fait. Regarde, ô Rome !
Tout ce qu'on nomme droit, principes absolus,
République, raison et liberté, n'est plus !
Tous les bourreaux, depuis Néron jusqu'à Zoïle,
Contents, vinrent jeter un tison dans la ville,
Et Borgia donna sa bénédiction.
Czars, sultans, Escobar, Rufin, Trimalcion,
Tous les conservateurs de l'antique souffrance,
Admirèrent, disant : C'est fini. Plus de France !
Ce qui s'achève ainsi ne recommence point.
A Danton interdit Brunswick montra le poing ;
On entendit mugir le veau d'or dans l'étable ;
Dans cette heure où le ciel devint épouvantable,
Le groupe monstrueux de tous les hommes noirs,
Sombre, et pour espérance ayant nos désespoirs,
Voyant sur toi, Paris, la mort ouvrir son aile,
Eut l'éblouissement de la nuit éternelle.

IV

Est-il jour? Est-il nuit? horreur crépusculaire!
Toute l'ombre est livrée à l'immense colère.
Coups de foudre, bruits sourds. Pâles, nous écoutons.
Le supplice imbécile et noir frappe à tâtons.
Rien de divin ne luit. Rien d'humain ne surnage.
Le hasard formidable erre dans le carnage,
Et mitraille un troupeau de vaincus, sans savoir
S'ils croyaient faire un crime ou remplir un devoir.
L'ombre engloutit Babel jusqu'aux plus hauts étages.
Des bandits ont tué soixante-quatre otages,
On réplique en tuant six mille prisonniers.
On pleure les premiers, on raille les derniers.
Le vent qui souffle a presque éteint cette veilleuse,
La conscience. O nuit! brume! heure périlleuse!
Les exterminateurs semblent doux, leur fureur
Plaît, et celui qui dit : Pardonnez! fait horreur.
Ici l'armée et là le peuple; c'est la France
Qui saigne; et l'ignorance égorge l'ignorance.

Le droit tombe. Excepté Caïn, rien n'est debout.
Une sorte de crime épars flotte sur tout.
L'innocent paraît noir tant cette ombre le couvre.
L'un a brûlé le Louvre. Hein? Qu'est-ce que le Louvre?
Il ne le savait pas. L'autre, horribles exploits,
Fusille devant lui, stupide. Où sont les lois?
Les ténèbres avec leurs sombres sœurs, les flammes,
Ont pris Paris, ont pris les cœurs, ont pris les âmes.
Je tue et ne vois pas. Je meurs et ne sais rien.
Tous mêlés, l'enfant blond, l'affreux galérien,
Pères, fils, jeunes, vieux, le démon avec l'ange,
L'homme de la pensée et l'homme de la fange,
Dans on ne sait quel gouffre expirent à la fois.
Dans l'effrayant brasier sait-on de quelles voix
Se compose le cri du bœuf d'airain qui beugle?

La mort sourde, ô terreur, fauche la foule aveugle.

V

UNE NUIT A BRUXELLES

Aux petits incidents il faut s'habituer.
Hier on est venu chez moi pour me tuer.
Mon tort dans ce pays c'est de croire aux asiles.
On ne sait quel ramas de pauvres imbéciles
S'est rué tout à coup la nuit sur ma maison.
Les arbres de la place en eurent le frisson,
Mais pas un habitant ne bougea. L'escalade
Fut longue, ardente, horrible, et Jeanne était malade.
Je conviens que j'avais pour elle un peu d'effroi.
Mes deux petits-enfants, quatre femmes et moi,
C'était la garnison de cette forteresse.
Rien ne vint secourir la maison en détresse.
La police fut sourde ayant affaire ailleurs.
Un dur caillou tranchant effleura Jeanne en pleurs.
Attaque de chauffeurs en pleine Forêt-Noire.
Ils criaient : Une échelle! une poutre! victoire!
Fracas où se perdaient nos appels sans écho.
Deux hommes apportaient du quartier Pachéco

Une poutre enlevée à quelque échafaudage.
Le jour naissant gênait la bande. L'abordage
Cessait, puis reprenait. Ils hurlaient haletants.
La poutre par bonheur n'arriva pas à temps.
— Assassin! — C'était moi. — Nous voulons que tu meures!
Brigand! Bandit! — Ceci dura deux bonnes heures.
George avait calmé Jeanne en lui prenant la main.
Noir tumulte. Les voix n'avaient plus rien d'humain;
Pensif, je rassurais les femmes en prières,
Et ma fenêtre était trouée à coups de pierres.
Il manquait là des cris de vive l'empereur!
La porte résista battue avec fureur.
Cinquante hommes armés montrèrent ce courage.
Et mon nom revenait dans des clameurs de rage :
A la lanterne! à mort! qu'il meure! il nous le faut!
Par moments, méditant quelque nouvel assaut,
Tout ce tas furieux semblait reprendre haleine;
Court répit; un silence obscur et plein de haine
Se faisait au milieu de ce sombre viol;
Et j'entendais au loin chanter un rossignol.

                    Bruxelles, 29 mai.

VI

EXPULSÉ DE BELGIQUE

« — Il est enjoint au sieur Hugo de par le roi
De quitter le royaume. » — Et je m'en vais. Pourquoi ?
Pourquoi ? mais c'est tout simple, amis. Je suis un homme
Qui, lorsque l'on dit : Tue ! hésite à dire : Assomme !
Quand la foule entraînée, hélas ! suit le torrent,
Je me permets d'avoir un avis différent ;
Le talion me fâche, et mon humeur bizarre
Préfère l'ange au tigre et John Brown à Pizarre ;
Je blâme sans pudeur les massacres en grand ;
Je ne bois pas de sang ; l'ordre, à l'état flagrant,
Exterminant, hurlant, bavant, tâchant de mordre,
Me semble, à moi songeur, fort semblable au désordre ;
J'assiste sans plaisir à ce hideux tournoi.
***** contre ***** , ***** contre ****
Je hais qu'on joute à qui sera le plus féroce ;
Qu'un gueux aille pieds nus ou qu'il roule carrosse,
Qu'il soit prince ou goujat, j'ai le très-méchant goût
De tout jeter, goujat et prince, au même égout ;

Mon mépris est égal pour la scélératesse
Qu'on tutoie et pour celle à qui l'on dit altesse ;
Je crois, s'il faut choisir, que je préfère encor
Le crime teint de boue au crime brodé d'or ;
J'excuse l'ignorant ; je ne crains pas de dire
Que la misère explique un accès de délire,
Qu'il ne faut pas pousser les gens au désespoir,
Que, si des dictateurs font un forfait bien noir,
L'homme du peuple en est juste aussi responsable
Que peut l'être d'un coup de vent le grain de sable ;
Le sable, arraché, pris et poussé par le vent,
Entre dans le simoun affreux, semble vivant,
Brûle et tue, et devient l'atome de l'abîme ;
Il fait la catastrophe et le vent fait le crime ;
Le vent c'est le despote. En ces obscurs combats,
S'il faut frapper, frappez en haut, et non en bas.
Si Rigault fut chacal on a tort d'être hyène.
Quoi ! jeter un faubourg de Paris à Cayenne !
Quoi ! tous ces égarés, en faire des forçats !
Non ! je hais l'Ile-aux-Pins et j'exècre Mazas.
Johannard est cruel et Serisier infâme.
Soit. Mais comprenez-vous quelle nuit a dans l'âme
Le travailleur sans pain l'été, sans feu l'hiver,
Qui voit son nouveau-né pâlir, nu comme un ver,
Qui lutte et souffre avec la faim pour récompense,
Qui ne sait rien, sinon qu'on l'opprime, et qui pense
Que détruire un palais, c'est détruire un tyran ?
Que de douleurs ! combien de chômages par an !

Songez-y, ne peut-il perdre enfin patience?

Le croirait-on? j'écoute en moi la conscience!
Quand j'entends crier : mort! frappez! sabrez! je vais
Jusqu'à trouver qu'un meurtre au hasard est mauvais :
Je m'étonne qu'on puisse, à l'époque où nous sommes,
Dans Paris, aller prendre une dizaine d'hommes,
Dire : Ils sont à peu près du quartier qui brûla,
Mitrailler à la hâte en masse tout cela,
Et les jeter vivants ou morts dans la chaux vive;
Je recule devant une fosse plaintive;
Ils sont là, je le sais, l'un sur l'autre engloutis,
Le mâle et la femelle, hélas, et les petits!
Coupables, ignorants, innocents, pêle-mêle;
Autour du noir charnier mon âme bat de l'aile.
Si des râles d'enfants m'appellent dans ce trou,
Je voudrais de la mort tirer le froid verrou;
J'ai par des voix sortant de terre l'âme émue;
Je n'aime pas sentir sous mes pieds qu'on remue,
Et je ne me suis pas encore habitué
A marcher sur les cris d'un homme mal tué;
C'est pourquoi, moi vaincu, moi proscrit imbécile,
J'offre aux vaincus l'abri, j'offre aux proscrits l'asile,
Je l'offre à tous. A tous! Je suis étrange au point
De voir tomber les gens sans leur montrer le poing;
Je suis de ce parti dangereux qui fait grâce;
Et demain j'ouvrirai ma porte, car tout passe,
A ceux qui sont vainqueurs quand ils seront vaincus;

Je suis pour Cicéron et je suis pour Gracchus
Il suffit pour me faire indulgent, doux et sombre,
Que je voie une main suppliante dans l'ombre;
Faible, à ceux qui sont forts j'ose jeter le gant.
Je crie : Ayez pitié! Donc je suis un brigand.

Dehors ce monstre! il est chez nous! il a l'audace
De se croire chez lui! d'habiter cette place,
Ce quartier, ce logis, de payer les impôts,
Et de penser qu'il peut y dormir en repos!
Mais s'il reste, l'État court des périls, en somme.
Il faut bien vite mettre à la porte cet homme!

Je suis un scélérat. C'est une trahison,
Quand tout le monde est fou, d'invoquer la raison.
Je suis un malfaiteur. Faut-il qu'on vous le prouve?
Comment! si je voyais dans les dents de la louve
Un agneau, je voudrais l'en arracher! Comment!
Je crois au droit d'asile, au peuple, au Dieu clément!
Le clergé s'épouvante et le sénat frissonne.
Horreur! quoi! j'ai pour loi de n'égorger personne!
Quoi! cet homme n'est pas aux vengeances fougueux!
Il n'a point de colère et de haine, ce gueux!
Oui, l'accusation, je le confesse, est vraie.
Je voudrais dans le blé ne sarcler que l'ivraie;
Je préfère à la foudre un rayon dans le ciel;
Pour moi la plaie est mal guérie avec du fiel,
Et la fraternité c'est la grande justice.

C'est à qui détruira ; j'aime mieux qu'on bâtisse.
Pour moi la charité vaut toutes les vertus ;
Ceux que puissants on blesse, on les panse abattus ;
La pitié dans l'abîme où l'on souffre m'entraîne,
Et j'ai cette servante adorable pour reine ;
Je tâche de comprendre afin de pardonner ;
Je veux qu'on examine avant d'exterminer ;
Un feu de peloton pour résoudre un problème
Me déplaît. Fusiller un petit garçon blême,
A quoi bon ? Je voudrais qu'à l'école on l'admît,
Hélas ! et qu'il vécût ! — Là-dessus on frémit.
Ces opinions-là jamais ne se tolèrent !
« Et pour comble d'effroi, les animaux parlèrent*. »
Un monsieur Ribeaucourt m'appelle individu.

Autre preuve. Une nuit, vers mon toit éperdu,
Une horde, poussant des hurlements infâmes,
Accourt, et deux enfants tout petits, quatre femmes,
Sous les pierres, les cris de mort, l'horreur, l'effroi,
Se réveillent... — Qui donc est le bandit ? C'est moi.
Certes !

        Le jour d'après, devant mon seuil éparse,
Une foule en gants blancs vient rire de la farce,
En criant : — C'est trop peu ! Qu'on rase la maison !
Qu'on y mette le feu ! — Cette foule a raison.

* DELILLE, *Géorgiques* : Pecudesque locutæ.

Il faut tuer celui qui ne veut pas qu'on tue;
C'est juste. Le bon ordre exige une battue
Contre cet assassin plus noir qu'il n'en a l'air;
Et puisqu'on veut brûler ma maison, il est clair
Que j'ai brûlé le Louvre; et je suis l'étincelle
Qui dévore Paris en restant à Bruxelle.
Honneur à ********* et gloire à *******!
On me lapide et l'on m'exile. C'est bien fait.

O beauté de l'aurore! ô majesté de l'astre!
Gibelin contre Guelfe, York contre Lancastre,
Capulet, Montaigu; qu'importe! que me font
Leurs cris, puisque voilà le firmament profond!
Ame, on a de la place aux voûtes éternelles.
Le sol manque à nos pieds, non l'azur à nos ailes.
Le despote est partout sur terre atroce et laid,
Maître par un profil et par l'autre valet;
Mais l'aube est pure, l'air est bon, l'abîme est libre;
L'immense équité sort de l'immense équilibre;
Évadons-nous là-haut! et vivons! Le songeur
Se plonge, ô ciel sublime, en ta chaste rougeur;
Dans ta pudeur sacrée, Ombre, il se réfugie.
Dieu créa le banquet dont l'homme a fait l'orgie.
Le penseur hait la fête affreuse des tyrans.
Il voit Dieu calme au fond des gouffres transparents,
Et, saignant, pâle, après les épreuves sans nombre,
Se sent le bien venu dans la profondeur sombre.
Il va. Sa conscience est là, rien ne dément

Cette boussole ayant l'idéal pour aimant ;
Plus de frontière, plus d'obstacle, plus de borne ;
Il plane. En vain sur lui la Fatalité morne
Tend son filet sinistre où dans les hideux fils
Se croisent les douleurs, les haines, les exils, ·
Il ne se plaint pas. Fier devant la tourbe immonde,
Il rit puisque le ciel s'offre à qui perd le monde,
Puisqu'il a pour abri cette hospitalité ;
Et puisqu'il peut, ô joie ! ô gouffre ! ô liberté !
Domptant le sort, bravant le mal, perçant les voiles,
Par les hommes chassé, s'enfuir dans les étoiles !

JUIN

—

I

Un jour je vis le sang couler de toutes parts ;
Un immense massacre était dans l'ombre épars ;
Et l'on tuait. Pourquoi? Pour tuer. O misère !
Voyant cela, je crus qu'il était nécessaire
Que quelqu'un élevât la voix, et je parlai.
Je dis que Montrevel et Bâville et Harlay
N'étaient point de ce siècle, et qu'en des jours de trouble
Par la noirceur de tous l'obscurité redouble ;
J'affirmai qu'il est bon d'examiner un peu
Avant de dire En joue et de commander Feu !

Car épargner les fous, même les téméraires,
A ceux qu'on a vaincus montrer qu'on est leurs frères,
Est juste et sage ; il faut s'entendre, il faut s'unir ;
Je rappelai qu'un Dieu nous voit, que l'avenir,
Sombre lorsqu'on se hait, s'éclaire quand on s'aime,
Et que le malheur croît pour celui qui le sème ;
Je déclarai qu'on peut tout calmer par degrés ;
Que des assassinats ne sont point réparés
Par . . . .
. . . .
. . . .
. . . .
. . . .

Et, pensif, je me mis en travers du carnage.
Triste, n'approuvant point la grandeur du linceul,
Estimant que la peine est au coupable seul,
Pensant qu'il ne faut point, hélas ! jeter le crime
De quelques-uns sur tous, et punir par l'abîme
Paris, un peuple, un monde, au hasard châtié,
Je dis : faites justice, oui, mais ayez pitié !
Alors je fus l'objet de la haine publique.
L'église m'a lancé l'anathème biblique,
Les rois l'expulsion, les passants des cailloux ;
Quiconque a de la boue en a jeté ; les loups,
Les chiens, ont aboyé derrière moi ; la foule
M'a hué presque autant qu'un tyran qui s'écroule ;
On m'a montré le poing dans la rue ; et j'ai dû
Voir plus d'un vieil ami m'éviter éperdu,

Les tueurs souriants et les viveurs féroces,
Ceux qui d'un tombereau font suivre leurs carrosses,
Les danseurs d'autrefois, égorgeurs d'à présent,
Ceux qui boivent du vin de Champagne et du sang,
Ceux qui sont élégants tout en étant farouches,
Les Haynau, les Tavanne, ayant d'étranges mouches,
Noires, que le charnier connaît, sur leur bâton.
Les improvisateurs des feux de peloton,
Le juge Lynch, le roi Bomba, Mingrat le prêtre,
M'ont crié : Meurtrier! et Judas m'a dit : Traître!

II

Quoi ! rester fraternel, c'est être chimérique !
Rêver l'Europe libre autant que l'Amérique,
Réclamer l'équité, l'examen, la raison,
C'est faire du nuage et du vent sa maison !
Voir un triomphe vaste et dur, ne pas s'y joindre,
Empêcher qu'il soit pire et tâcher qu'il soit moindre,
Quoi ! ne point accabler les malheureux, offrir
L'homme à l'homme, et l'asile à ceux qui vont mourir,
Ne pas prendre le faible et l'aveugle pour cible,
Pardonner, c'est vouloir habiter l'impossible !
Dire qu'on doit la loi juste, le droit commun
Même aux brigands, même aux bandits, c'est en être un !
N'importe ! il faut lutter. L'heure sombre est venue.
Quant à ton âge, eh bien, sois vieux, et continue,
Vétéran. Tu seras renié de nouveau.
Les plus cléments auront pitié de ton cerveau.
Tu seras le maudit qu'on raille ou qu'on foudroie,
Tu seras insulté, hué, traqué, la proie
Des calomniateurs au crime toujours prêts,
Tu seras lapidé, proscrit. Eh bien, après ?

III

Par une sérénade on fête ma clémence.
A mort! est le refrain de la douce romance.
Les journaux prêtres font un vacarme effrayant.
— Cet homme ose défendre un ennemi fuyant!
Quelle audace! il nous croit honnêtes! il nous brave! —
Les maîtres ont la rage et les valets la bave.
Meute de sacristains, meute de hobereaux.
L'encensoir furieux me casse mes carreaux;
De tous les goupillons, de toutes les prières,
L'eau bénite sur moi tombe en grêle de pierres;
On m'exorcise tant qu'on m'assassine un peu.
Bref je suis expulsé par la grâce de Dieu.
— Va-t'en! — tous les pavés pleuvent, et tous les styles.
Je suis presque ébloui de tant de projectiles.
Au-dessus de mon nom on sonne le tocsin.
— Brigand! incendiaire! assassin! assassin! —
Et nous restons, après cette bataille insigne,
Eux, blancs comme un corbeau, moi, noir comme le cygne.

IV

Je n'ai pas de palais épiscopal en ville,
Je n'ai pas de prébende et de liste civile,
Nul temple n'offre un trône à mon humilité,
Nul suisse en colonel ne brille à mon côté,
Je ne me montre pas aux gros yeux des ganaches
Sous un dais, à ses coins ayant quatre panaches;
La France, même au fond de l'abîme, est pour moi
Le grand peuple en travail d'où sort la grande loi;
Je hais qu'on la bâillonne ou qu'on la fleurdelyse;
Je ne demande pas aux passants dans l'église
Tant pour voir le bon Dieu s'il est peint par Van-Dyck :
Je n'ai ni marguillier, ni bedeau, ni syndic,
Ni custode, ni clerc, ni diacre, ni vicaire;
Je ne garde aucun saint dans aucun reliquaire;
Je n'ai pas de miracle en bouteille sous clé;
Mon vêtement n'est pas de diamants bouclé;
Je ne suis pas payé quand je fais ma prière;
Je suis fort mal en cour; aucune douairière

Ne m'admire quêtant des sous dans un plat rond,
La chape d'or au cou, la mitre d'or au front ;
Je ne fais point baiser ma main aux bonnes femmes ;
Je vénère le ciel, mais sans le vendre aux âmes ;
On ne m'appelle pas monseigneur ; je me plais
Dans les champs, et mes bas ne sont pas violets ;
Les fautes que je fais sont des fautes sincères ;
L'hypocrisie et moi sommes deux adversaires ;
Je crois ce que je dis, je fais ce que je crois ;
Je mets près de Socrate aux fers Jésus en croix ;
Lorsqu'un homme est traqué comme une bête fauve,
Fût-il mon ennemi, si je peux, je le sauve ;
Je méprise Bazile et dédaigne Scapin ;
Je donne à l'enfant pauvre un morceau de mon pain ;
J'ai lutté pour le vrai, pour le bon, pour l'honnête,
Et j'ai subi vingt ans l'exil dans la tempête ;
Je recommencerai demain, si Dieu le veut ;
Ma conscience dit : — Marche ! — rien ne m'émeut,
J'obéis, et je vais, malgré les vents contraires,
Et je fais mon devoir ; et c'est pourquoi, mes frères,
Au dire du journal de l'évêque de Gand,
Si je n'étais un fou, je serais un brigand.

V

EN QUITTANT BRUXELLES

Ah! ce n'est pas aisé, suivre la voie étroite,
Donner tort à la foule et rester l'âme droite,
Protéger l'éternelle équité qu'on meurtrit.
Quand le proscrit l'essaie, on redonne au proscrit
Toute la quantité d'exil dont on dispose.

Pourtant n'exile point qui veut. C'est une chose
Inexprimable, affreuse et sainte que l'exil.
Chercher son toit dans l'ombre et dire : Où donc est-il?
Songer, vieux, dans les deuils et les mélancolies,
Aux fleurs qu'avec des mains d'enfant on a cueillies,
A tel noir coin de rue autrefois plein d'attrait
A cause d'un regard furtif qu'on rencontrait;
Se rappeler les temps, les anciennes aurores,
Et dans les champs plus verts les oiseaux plus sonores;
Ne plus trouver au ciel la couleur qu'il avait;
enser aux morts; hélas! ne plus voir leur chevet,

Hélas! ne pouvoir plus leur parler dans la tombe;
C'est là l'exil.

      L'exil, c'est la goutte qui tombe,
Et perce lentement et lâchement punit
Un cœur que le devoir avait fait de granit;
C'est la peine infligée à l'innocent, au juste,
Et dont ce condamné, sous Tarquin, sous Auguste,
Sous Bonaparte, rois et césars teints de sang,
Meurt, parce qu'il est juste et qu'il est innocent.
Un exil, c'est un lieu d'ombre et de nostalgie;
On ne sait quelle brume en silence élargie,
Que tout, un chant qui passe, un bois sombre, un récif,
Un souffle, un bruit, fait croître autour d'un front pensif.
Oh! la patrie existe! Elle seule est terrible.
Elle seule nous tient par un fil invisible;
Elle seule apparaît charmante à qui la perd;
Elle seule en fuyant fait le monde désert;
Elle seule à ses champs, hélas! restés les nôtres,
A ses arbres qui n'ont point la forme des autres,
A sa rive, à son ciel, ramène tous nos pas.
L'étranger peut bannir, mais il n'exile pas.

VI

A MADAME PAUL MEURICE

Ce que j'ai fait est bien. J'en suis puni. C'est juste.
Vous qui, dans l'affreux siége et dans l'épreuve auguste,
Fûtes vaillante, calme et charmante, bravant
Cette guerre hideuse et ce noir coup de vent,
Belle âme que le ciel fit sœur d'une âme haute,
Femme du penseur fier et doux, dont j'étais l'hôte,
Vous qui saviez donner appui, porter secours,
Aider, lutter, souffrir, et sourire toujours,
Vous voyez ce qui m'est arrivé. Peu de chose.
Vous m'avez vu rentrer dans une apothéose,
Vous me voyez chassé par l'exécration.
En moins d'un an. C'est court. Rome, Athène et Sion
Faisaient ainsi. Paris a les mêmes droits qu'elles.
D'autres villes peut-être ont moins de nerfs. Lesquelles?
Il n'en est pas. Prenons le destin comme il est.
Épargner Montaigu, c'est blesser Capulet.
Or Capulet étant le plus fort, en abuse.
Je suis un malfaiteur et je suis une buse.

Soit. On m'insulte, moi qu'hier on acclamait.

C'est pour me jeter bas qu'on m'a mis au sommet.

Ce genre de triomphe, est-ce pas? vaut bien l'autre.

J'en atteste, madame, un cœur comme le vôtre,

Et vous tous, dont l'esprit n'est jamais obscurci,

Vieux proscrits, n'est-ce pas que je vous plais ainsi?

J'ai défendu le peuple et combattu le prêtre.

N'est-ce pas que l'abîme est beau, qu'il est bon d'être

Maudit avec Barbès, avec Garibaldi,

Et que vous m'aimez mieux lapidé qu'applaudi?

VII

Je n'ai point de colère et cela vous étonne.
Votre tonnerre tousse et vous croyez qu'il tonne;
Grondants, vous essoufflez sur moi votre aquilon;
Votre petit éclair me pique le talon;
Je n'ai pas l'air de voir la peine qu'il se donne;
Vous sentez quelque chose en moi qui vous pardonne,
Cela vous froisse. Au fait, on est trop châtié
De vouloir faire mal et de faire pitié.
Quoi! s'unir contre un homme, en tenter l'escalade,
Et n'avoir même pas l'honneur d'une ruade!
Ne pas recevoir même un soufflet! c'est blessant.
Le proscrit parfois tombe et jamais ne descend;
Il laisse autour de lui grincer la haine infâme;
Ce n'est par pour cela qu'il dérange son âme.
Donc soyez furieux. Serai-je irrité? Non.
Je doute que j'en vienne à savoir votre nom.
Les vieux bannis pensifs sont une race inculte;
Avant de nous fâcher parce qu'on nous insulte,
C'est notre usage à nous qui sommes exigeants
De regarder un peu la stature des gens.

VIII

A QUI LA FAUTE?

Tu viens d'incendier la Bibliothèque?

                                                 — Oui.

J'ai mis le feu là.

                               — Mais c'est un crime inouï!
Crime commis par toi contre toi-même, infâme !
Mais tu viens de tuer le rayon de ton âme!
C'est ton propre flambeau que tu viens de souffler!
Ce que ta rage impie et folle ose brûler,
C'est ton bien, ton trésor, ta dot, ton héritage!
Le livre, hostile au maître, est à ton avantage.
Le livre a toujours pris fait et cause pour toi.
Une bibliothèque est un acte de foi
Des générations ténébreuses encore
Qui rendent dans la nuit témoignage à l'aurore.
Quoi! dans ce vénérable amas des vérités,
Dans ces chefs-d'œuvre pleins de foudre et de clartés,

Dans ce tombeau des temps devenu répertoire,
Dans les siècles, dans l'homme antique, dans l'histoire
Dans le passé, leçon qu'épelle l'avenir,
Dans ce qui commença pour ne jamais finir,
Dans les poëtes! quoi, dans ce gouffre des bibles,
Dans le divin monceau des Eschyles terribles,
Des Homères, des Jobs, debout sur l'horizon,
Dans Molière, Voltaire et Kant, dans la raison,
Tu jettes, misérable, une torche enflammée!
De tout l'esprit humain tu fais de la fumée!
As-tu donc oublié que ton libérateur,
C'est le livre? le livre est là sur la hauteur;
Il luit; parce qu'il brille et qu'il les illumine,
Il détruit l'échafaud, la guerre, la famine;
Il parle; plus d'esclave et plus de paria.
Ouvre un livre, Platon, Milton, Beccaria;
Lis ces prophètes, Dante, ou Shakspeare, ou Corneille;
L'âme immense qu'ils ont en eux, en toi s'éveille;
Ébloui, tu te sens le même homme qu'eux tous;
Tu deviens en lisant grave, pensif et doux;
Tu sens dans ton esprit tous ces grands hommes croître;
Ils t'enseignent ainsi que l'aube éclaire un cloître;
A mesure qu'il plonge en ton cœur plus avant,
Leur chaud rayon t'apaise et te fait plus vivant;
Ton âme interrogée est prête à leur répondre;
Tu te reconnais bon, puis meilleur; tu sens fondre,
Comme la neige au feu, ton orgueil, tes fureurs,
Le mal, les préjugés, les rois, les empereurs!

Car la science en l'homme arrive la première.
Puis vient la liberté. Toute cette lumière,
C'est à toi, comprends donc, et c'est toi qui l'éteins!
Les buts rêvés par toi sont par le livre atteints.
Le livre en ta pensée entre, il défait en elle
Les liens que l'erreur à la vérité mêle,
Car toute conscience est un nœud gordien.
Il est ton médecin, ton guide, ton gardien.
Ta haine, il la guérit; ta démence, il te l'ôte.
Voilà ce que tu perds, hélas, et par ta faute!
Le livre est ta richesse à toi! c'est le savoir,
Le droit, la vérité, la vertu, le devoir,
Le progrès, la raison dissipant tout délire.
Et tu détruis cela, toi!

                   — Je ne sais pas lire.

IX

La prisonnière passe, elle est blessée. Elle a
On ne sait quel aveu sur le front. La voilà !
On l'insulte ! Elle a l'air des bêtes à la chaîne.
On la voit à travers un nuage de haine.
Qu'a-t-elle fait ? Cherchez dans l'ombre et dans les cris,
Cherchez dans la fumée affreuse de Paris.
Personne ne le sait. Le sait-elle elle-même ?
Ce qui pour l'homme est crime est pour l'esprit problème.
La faim, quelque conseil ténébreux, un bandit
Si monstrueux qu'on l'aime et qu'on fait ce qu'il dit,
C'est assez pour qu'un être obscur se dénature.
Ce noir plan incliné qu'on nomme l'aventure,
La pente des instincts fauves, le fatal vent
Du malheur en courroux profond se dépravant,
Cette sombre forêt que la guerre civile
Toujours révèle au fond de toute grande ville,
Dire : D'autres ont tout, et moi qu'est-ce que j'ai ?
Songer, être en haillons, et n'avoir pas mangé,

Tout le mal sort de là. Pas de pain sur la table;
Il ne faut rien de plus pour être épouvantable.
Elle passe au milieu des foules sans pitié.
Quand on a triomphé, quand on a châtié,
Qu'a-t-on devant les yeux? la victoire aveuglante.
Tout Versaille est en fête. Elle se tait sanglante.
Le passant rit, l'essaim des enfants la poursuit
De tous les cris que peut jeter l'aube à la nuit.
L'amer silence écume aux deux coins de sa bouche
Rien ne fait tressaillir sa surdité farouche;
Elle a l'air de trouver le soleil ennuyeux;
Une sorte d'effroi féroce est dans ses yeux.
Des femmes cependant, hors des vertes allées,
Douces têtes, des fleurs du printemps étoilées,
Charmantes, laissant pendre au bras de quelque aman
Leur main exquise et blanche où brille un diamant,
Accourent. Oh! l'infâme! on la tient! quelle joie!
Et du manche sculpté d'une ombrelle de soie,
Frais et riants bourreaux du noir monstre inclément,
Elles fouillent sa plaie avec rage et gaîment.
Je plains la misérable; elles, je les réprouve.
Les chiennes font horreur venant mordre la louve.

X

Une femme m'a dit ceci : — J'ai pris la fuite.
Ma fille que j'avais au sein, toute petite,
Criait, et j'avais peur qu'on n'entendît sa voix.
Figurez-vous, c'était un enfant de deux mois;
Elle n'avait pas plus de force qu'une mouche.
Mes baisers essayaient de lui fermer la bouche,
Elle criait toujours; hélas, elle râlait.
Elle voulait téter, je n'avais plus de lait.
Toute une nuit s'était de la sorte écoulée.
Je me cachais derrière une porte d'allée,
Je pleurais, je voyais les chassepots briller.
On cherchait mon mari qu'on voulait fusiller.
Tout à coup, le matin, sous cette horrible porte,
L'enfant ne cria plus. Monsieur, elle était morte.
Je la touchai ; monsieur, elle était froide. Alors,
Cela m'était égal qu'on me tuât; dehors,
Au hasard, j'emportai ma fille, j'étais folle,
J'ai couru, des passants m'adressaient la parole,

Mais je me suis enfuie, et, je ne sais plus où,
J'ai creusé de mes mains dans la campagne un trou,
Au pied d'un arbre, au coin d'un enclos solitaire ;
Et j'ai couché mon ange endormi dans la terre ;
L'enfant qu'on allaita, c'est dur de l'enterrer.

Et le père était là qui se mit à pleurer.

Sur une barricade, au milieu des pavés
Souillés d'un sang coupable et d'un sang pur lavés,
Un enfant de douze ans est pris avec des hommes.
— Es-tu de ceux-là, toi? — L'enfant dit : Nous en sommes.
— C'est bon, dit l'officier, on va te fusiller.
Attends ton tour. — L'enfant voit des éclairs briller,
Et tous ses compagnons tomber sous la muraille.
Il dit à l'officier : Permettez-vous que j'aille
Rapporter cette montre à ma mère chez nous?
— Tu veux t'enfuir? — Je vais revenir. — Ces voyous
Ont peur! où loges-tu? — Là, près de la fontaine.
Et je vais revenir, monsieur le capitaine.
— Va-t'en, drôle ! — L'enfant s'en va. — Piége grossier !
Et les soldats riaient avec leur officier,
Et les mourants mêlaient à ce rire leur râle;
Mais le rire cessa, car soudain l'enfant pâle
Brusquement reparu, fier comme Viala,
Vint s'adosser au mur et leur dit : Me voilà.

La mort stupide eut honte et l'officier fit grâce.

Enfant, je ne sais point, dans l'ouragan qui passe
Et confond tout, le bien, le mal, héros, bandits,

Ce qui dans ce combat te poussait, mais je dis
Que ton âme ignorante est une âme sublime.
Bon et brave, tu fais, dans le fond de l'abîme,
Deux pas, l'un vers ta mère et l'autre vers la mort;
L'enfant a la candeur et l'homme a le remord,
Et tu ne réponds point de ce qu'on te fit faire;
Mais l'enfant est superbe et vaillant qui préfère
A la fuite, à la vie, à l'aube, aux jeux permis,
Au printemps, le mur sombre où sont morts ses amis.
La gloire au front te baise, ô toi si jeune encore!
Doux ami, dans la Grèce antique, Stésichore
T'eût chargé de défendre une porte d'Argos;
Cinégyre t'eût dit : Nous sommes deux égaux !
Et tu serais admis au rang des purs éphèbes
Par Tyrtée à Messène et par Eschyle à Thèbes.
On graverait ton nom sur des disques d'airain;
Et tu serais de ceux qui, sous le ciel serein,
S'ils passent près du puits ombragé par le saule,
Font que la jeune fille ayant sur son épaule
L'urne où s'abreuveront les buffles haletants,
Pensive, se retourne et regarde longtemps.

XII

LES FUSILLÉS

Guerre qui veut Tacite et qui repousse Homère !
La victoire s'achève en massacre sommaire.
Ceux qui sont satisfaits sont furieux; j'entends
Dire : — Il faut en finir avec les mécontents. —
Alceste est aujourd'hui fusillé par Philinte.
Faites.

      Partout la mort. Eh bien, pas une plainte.
O blé que le destin fauche avant qu'il soit mûr !
O peuple !

      On les amène au pied de l'affreux mur.
C'est bien. Ils ont été battus du vent contraire.
L'homme dit au soldat qui l'ajuste : Adieu, frère.
La femme dit : — Mon homme est tué. C'est assez.
Je ne sais s'il eut tort ou raison, mais je sais
Que nous avons traîné le malheur côte à côte;
Il fut mon compagnon de chaîne; si l'on m'ôte

Cet homme, je n'ai plus besoin de vivre. Ainsi
Puisqu'il est mort, il faut que je meure. Merci. —
Et dans les carrefours les cadavres s'entassent.
Dans un noir peloton vingt jeunes filles passent;
Elles chantent; leur grâce et leur calme innocent
Inquiètent la foule effarée; un passant
Tremble. — Où donc allez-vous? dit-il à la plus belle.
Parlez. — Je crois qu'on va nous fusiller, dit-elle.
Un bruit lugubre emplit la caserne Lobau;
C'est le tonnerre ouvrant et fermant le tombeau.
Là des tas d'hommes sont mitraillés; nul ne pleure;
Il semble que leur mort à peine les effleure,
Qu'ils ont hâte de fuir un monde âpre, incomplet,
Triste, et que cette mise en liberté leur plaît.
Nul ne bronche. On adosse à la même muraille
Le petit-fils avec l'aïeul, et l'aïeul raille,
Et l'enfant blond et frais s'écrie en riant : Feu!

Ce rire, ce dédain tragique, est un aveu.
Gouffre de glace! énigme où se perd le prophète!
Donc ils ne tiennent pas à la vie; elle est faite
De façon qu'il leur est égal de s'en aller;
C'est en plein mois de mai; tout veut vivre et mêler
Son instinct ou son âme à la douceur des choses;
Ces filles-là devraient aller cueillir des roses;
L'enfant devrait jouer dans un rayon vermeil;
L'hiver de ce vieillard devrait fondre au soleil;
Ces âmes devraient être ainsi que des corbeilles

S'emplissant de parfums, de murmures d'abeilles,
De chants d'oiseaux, de fleurs, d'extase, de printemps!
Tous devraient être d'aube et d'amour palpitants.
Eh bien, dans ce beau mois de lumière et d'ivresse,
O terreur! c'est la mort qui brusquement se dresse,
La grande aveugle, l'ombre implacable et sans yeux;
Oh! comme ils vont trembler et crier sous les cieux,
Sangloter, appeler à leur aide la ville,
La nation qui hait l'Euménide civile,
Toute la France, nous, nous tous qui détestons
Le meurtre pêle-mêle et la guerre à tâtons!
Comme ils vont, l'œil en pleurs, bras tordus, mains crispées,
Supplier les canons, les fusils, les épées,
Se cramponner aux murs, s'attacher aux passants,
Et fuir, et refuser la tombe, frémissants;
Et hurler : On nous tue! au secours! grâce! grâce!
Non. Ils sont étrangers à tout ce qui se passe;
Ils regardent la mort qui vient les emmener.
Soit. Ils ne lui font pas l'honneur de s'étonner.
Ils avaient dès longtemps ce spectre en leur pensée.
Leur fosse dans leur cœur était toute creusée.
Viens, mort!

         Être avec nous, cela les étouffait.
Ils partent. Qu'est-ce donc que nous leur avions fait?
O révélation! Qu'est-ce donc que nous sommes
Pour qu'ils laissent ainsi derrière eux tous les hommes,
Sans un cri, sans daigner pleurer, sans un regret?

Nous pleurons, nous. Leur cœur au supplice était prêt.
Que leur font nos pitiés tardives? Oh! quelle ombre!
Que fûmes-nous pour eux avant cette heure sombre?
Avons-nous protégé ces femmes? Avons-nous
Pris ces enfants tremblants et nus sur nos genoux?
L'un sait-il travailler et l'autre sait-il lire?
L'ignorance finit par être le délire;
Les avons-nous instruits, aimés, guidés enfin,
Et n'ont-ils pas eu froid? et n'ont-ils pas eu faim?
C'est pour cela qu'ils. . . . .
Je le déclare au nom de ces âmes meurtries,
Moi, l'homme exempt des deuils de parade et d'emprunt,
Qu'un enfant mort émeut plus qu'un palais défunt.
C'est pour cela qu'ils sont les mourants formidables,
Qu'ils ne se plaignent pas, qu'ils restent insondables,
Souriants, menaçants, indifférents, altiers,
Et qu'ils se laissent presque égorger volontiers.
Méditons. Ces damnés, qu'aujourd'hui l'on foudroie,
N'ont pas de désespoir n'ayant pas eu de joie.
Le sort de tous se lie à leur sort. Il le faut.
Frères, bonheur en bas, sinon malheur en haut!
Hélas, faisons aimer la vie aux misérables.
Sinon, pas d'équilibre. Ordre vrai, lois durables,
Fortes mœurs, paix charmante et virile pourtant,
Tout, vous trouverez tout dans le pauvre content.
La nuit est une énigme ayant pour mot l'étoile.
Cherchons. Le fond du cœur des souffrants se dévoile.
Le sphinx, resté masqué, montre sa nudité.

Ténébreux d'un côté, clair de l'autre côté,
Le noir problème entr'ouvre à demi la fenêtre
Par où le flamboiement de l'abîme pénètre.
Songeons, puisque sur eux le suaire est jeté,
Et comprenons. Je dis que la société
N'est point à l'aise ayant sur elle ces fantômes,
Que leur rire est terrible entre tous les symptômes,
Et qu'il faut trembler, tant qu'on n'aura pu guérir
Cette facilité sinistre de mourir.

XIII

A CEUX QU'ON FOULE AUX PIEDS

Oh! je suis avec vous! j'ai cette sombre joie.
Ceux qu'on accable, ceux qu'on frappe et qu'on foudroie
M'attirent; je me sens leur frère; je défends
Terrassés ceux que j'ai combattus triomphants;
Je veux, car ce qui fait la nuit sur tous m'éclaire,
Oublier leur injure, oublier leur colère,
Et de quels noms de haine ils m'appelaient entre eux.
Je n'ai plus d'ennemis quand ils sont malheureux.
Mais surtout c'est le peuple, attendant son salaire,
Le peuple, qui parfois devient impopulaire,
C'est lui, famille triste, hommes, femmes, enfants,
Droit, avenir, travaux, douleurs, que je défends;
Je défends l'égaré, le faible, et cette foule
Qui, n'ayant jamais eu de point d'appui, s'écroule
Et tombe folle au fond des noirs événements;
Étant les ignorants, ils sont les incléments;
Hélas! combien de temps faudra-t-il vous redire
A vous tous, que c'était à vous de les conduire,

Qu'il fallait leur donner leur part de la cité,
Que votre aveuglement produit leur cécité;
D'une tutelle avare on recueille les suites,
Et le mal qu'ils vous font, c'est vous qui le leur fîtes.
Vous ne les avez pas guidés, pris par la main,
Et renseignés sur l'ombre et sur le vrai chemin;
Vous les avez laissés en proie au labyrinthe.
Ils sont votre épouvante et vous êtes leur crainte;
C'est qu'ils n'ont pas senti votre fraternité.
Ils errent; l'instinct bon se nourrit de clarté;
Ils n'ont rien dont leur âme obscure se repaisse;
Ils cherchent des lueurs dans la nuit, plus épaisse
Et plus morne là-haut que les branches des bois;
Pas un phare. A tâtons, en détresse, aux abois,
Comment peut-il penser celui qui ne peut vivre?
En tournant dans un cercle horrible, on devient ivre;
La misère, âpre roue, étourdit Ixion.
Et c'est pourquoi j'ai pris la résolution
De demander pour tous le pain et la lumière.

Ce n'est pas le canon du noir vendémiaire,
Ni les boulets de juin, ni les bombes de mai,
Qui font la haine éteinte et l'ulcère fermé.
Moi, pour aider le peuple à résoudre un problème,
Je me penche vers lui. Commencement : je l'aime.
Le reste vient après. Oui, je suis avec vous,
J'ai l'obstination farouche d'être doux,
O vaincus, et je dis : Non, pas de représailles!

O mon vieux cœur pensif, jamais tu ne tressailles
Mieux que sur l'homme en pleurs, et toujours tu vibras
Pour des mères ayant leurs enfants dans les bras.

Quand je pense qu'on a tué des femmes grosses,
Qu'on a vu le matin des mains sortir des fosses,
O pitié! quand je pense à ceux qui vont partir!
Ne disons pas : Je fus proscrit, je fus martyr.
Ne parlons pas de nous devant ces deuils terribles;
De toutes les douleurs ils traversent les cribles;
Ils sont vannés au vent qui les emporte, et vont
Dans on ne sait quelle ombre au fond du ciel profond.
Où? qui le sait? leurs bras vers nous en vain se dressent.
Oh! ces pontons sur qui j'ai pleuré reparaissent,
Avec leurs entreponts où l'on expire, ayant
Sur soi l'énormité du navire fuyant!
On ne peut se lever debout; le plancher tremble;
On mange avec les doigts au baquet tous ensemble,
On boit l'un après l'autre au bidon, on a chaud,
On a froid, l'ouragan tourmente le cachot,
L'eau gronde, et l'on ne voit, parmi ces bruits funèbres,
Qu'un canon allongeant son cou dans les ténèbres.
Je retombe en ce deuil qui jadis m'étouffait.
Personne n'est méchant, et que de mal on fait!

Combien d'êtres humains frissonnent à cette heure,
Sur la mer qui sanglote et sous le ciel qui pleure,
Devant l'escarpement hideux de l'inconnu!

Être jeté là, triste, inquiet, tremblant, nu,
Chiffre quelconque au fond d'une foule livide,
Dans la brume, l'orage et les flots, dans le vide,
Pêle-mêle et tout seul, sans espoir, sans secours,
Ayant au cœur le fil brisé de ses amours!
Dire : — « Où suis-je? On s'en va. Tout pâlit, tout se creuse.
Tout meurt. Qu'est-ce que c'est que cette fuite affreuse?
La terre disparaît, le monde disparaît.
Toute l'immensité devient une forêt.
Je suis de la nuée et de la cendre. On passe.
Personne ne va plus penser à moi. L'espace!
Le gouffre! Où sont-ils ceux près de qui je dormais! » —
Se sentir oublié dans la nuit pour jamais!
Devenir pour soi-même une espèce de songe!
Oh! combien d'innocents, sous quelque vil mensonge
Et sous le châtiment féroce, stupéfaits!
— Quoi! disent-ils, ce ciel où je me réchauffais,
Je ne le verrai plus! on me prend la patrie!
Rendez-moi mon foyer, mon champ, mon industrie,
Ma femme, mes enfants! rendez-moi la clarté!
Qu'ai-je donc fait pour être ainsi précipité
Dans la tempête infâme et dans l'écume amère,
Et pour n'avoir plus droit à la France ma mère! —

Quoi! lorsqu'il s'agirait de sonder, ô vainqueurs,
L'obscur puits social béant au fond des cœurs,
D'étudier le mal, de trouver le remède,
De chercher quelque part le levier d'Archimède,

Lorsqu'il faudrait forger la clef des temps nouveaux
Après tant de combats, après tant de travaux,
Et tant de fiers essais et tant d'efforts célèbres,
Quoi! pour solution, faire dans les ténèbres,
Nous, guides et docteurs, nous les frères aînés,
Naufrager un chaos d'hommes infortunés!
Décréter qu'on mettra dehors, qui? le mystère!
Que désormais l'énigme a l'ordre de se taire,
Et que le sphinx fera pénitence à genoux!
Quels vieillards sommes-nous! quels enfants sommes-nous!
Quel rêve, hommes d'État! quel songe, ô philosophes!
Quoi! pour que les griefs, pour que les catastrophes,
Les problèmes, l'angoisse et les convulsions
S'en aillent, suffit-il que nous les expulsions?
Rentrer chez soi, crier : — Français, je suis ministre
Et tout est bien! — tandis qu'à l'horizon sinistre,
Sous des nuages lourds, hagards, couleur de sang,
Chargé de spectres, noir, dans les flots décroissant,
Avec l'enfer pour aube et la mort pour pilote,
On ne sait quel radeau de la Méduse flotte!
Quoi! les destins sont clos, disparus, accomplis,
Avec ce que la vague emporte dans ses plis!
Ouvrir à deux battants la porte de l'abîme,
Y pousser au hasard l'innocence et le crime,
Tout, le mal et le bien, confusément puni,
Refermer l'océan et dire : c'est fini!
Être des hommes froids qui jamais ne s'émoussent,
Qui n'attendrissent point leur justice, et qui poussent

L'impartialité jusqu'à tout châtier!
Pour le guérir, couper le membre tout entier!
Quoi! pour expédient prendre la mer profonde!
Au lieu d'être ceux-là par qui l'ordre se fonde,
Jeter au gouffre en tas les faits, les questions,
Les deuils que nous pleurions et que nous attestions,
La vérité, l'erreur, les hommes téméraires,
Les femmes qui suivaient leurs maris ou leurs frères,
L'enfant qui remua follement le pavé,
Et faire signe aux vents, et croire tout sauvé
Parce que sur nos maux, nos pleurs, nos inclémences,
On a fait travailler ces balayeurs immenses!

Eh bien, que voulez-vous que je vous dise, moi!
Vous avez tort. J'entends les cris, je vois l'effroi,
L'horreur, le sang, la mer, les fosses, les mitrailles;
Je blâme. Est-ce ma faute enfin? j'ai des entrailles.
Éternel Dieu! c'est donc au mal que nous allons?
Ah! pourquoi déchaîner de si durs aquilons
Sur tant d'aveuglements et sur tant d'indigences?
Je frémis.

          Sans compter que toutes ces vengeances,
C'est l'avenir qu'on rend d'avance furieux!
Travailler pour le pire en faisant pour le mieux,
Finir tout de façon qu'un jour tout recommence,
Nous appelons sagesse, hélas! cette démence.
Flux, reflux. La souffrance et la haine sont sœurs.

Les opprimés refont plus tard des oppresseurs.

Oh! dussé-je, coupable aussi moi d'innocence,
Reprendre l'habitude austère de l'absence,
Dût se refermer l'âpre et morne isolement,
Dussent les cieux, que l'aube a blanchis un moment,
Redevenir sur moi dans l'ombre inexorables,
Que du moins un ami vous reste, ô misérables!
Que du moins il vous reste une voix! que du moins
Vous nous ayez, la nuit et moi, pour vos témoins!
Le droit meurt, l'espoir tombe, et la prudence est folle.
Il ne sera pas dit que pas une parole
N'a, devant cette éclipse affreuse, protesté.
Je suis le compagnon de la calamité.
Je veux être, — je prends cette part, la meilleure, —
Celui qui n'a jamais fait le mal, et qui pleure;
L'homme des accablés et des abandonnés.
Volontairement j'entre en votre enfer, damnés.
Vos chefs vous égaraient, je l'ai dit à l'histoire;
Certes, je n'aurais pas été de la victoire,
Mais je suis de la chute; et je viens, grave et seul,
Non vers votre drapeau, mais vers votre linceul.
Je m'ouvre votre tombe.

                    Et maintenant, huées,
Toi calomnie et toi haine, prostituées,
O sarcasmes payés, mensonges gratuits,
Qu'à Voltaire ont lancés Nonotte et Maupertuis.

Poings montrés qui jadis chassiez Rousseau de Bienne,
Cris plus noirs que les vents de l'ombre libyenne,
Plus vils que le fouet sombre aux lanières de cuir,
Qui forciez le cercueil de Molière à s'enfuir,
Ironie idiote, anathèmes farouches,
O reste de salive encor blanchâtre aux bouches
Qui crachèrent au front du pâle Jésus-Christ,
Pierre éternellement jetée à tout proscrit,
Acharnez-vous! Soyez les bien venus, outrages.
C'est pour vous obtenir, injures, fureurs, rages,
Que nous, les combattants du peuple, nous souffrons,
La gloire la plus haute étant faite d'affronts.

XIV

A VIANDEN

Il songe. Il s'est assis rêveur sous un érable.
Entend-il murmurer la forêt vénérable?
Regarde-t-il les fleurs? regarde-t-il les cieux?
Il songe. La nature au front mystérieux
Fait tout ce qu'elle peut pour apaiser les hommes;
Du coteau plein de vigne au verger plein de pommes
Les mouches viennent, vont, reviennent; les oiseaux
Jettent leur petite ombre errante sur les eaux;
Le moulin prend la source et l'arrête au passage;
L'étang est un miroir où le frais paysage
Se renverse et se change en vague vision;
Tout dans la profondeur fait une fonction;
Pas d'atome qui n'ait sa tâche; tout s'agite;
Le grain dans le sillon, la bête dans son gîte,
Ont un but; la matière obéit à l'aimant;
L'immense herbe infinie est un fourmillement;
Partout le mouvement sans relâche et sans trêve,
Dans ce qui pousse, croît, monte, descend, se lève,
Dans le nid, dans le chien harcelant les troupeaux,
Dans l'astre; et la surface est le vaste repos;

En dessous tout s'efforce, en dessus tout sommeille;
On dirait que l'obscure immensité vermeille
Qui balance la mer pour bercer l'alcyon,
Et que nous appelons Vie et Création,
Charmante, fait semblant de dormir, et caresse
L'universel travail avec de la paresse.
Quel éblouissement pour l'œil contemplateur!
De partout, du vallon, du pré, de la hauteur,
Du bois qui s'épaissit et du ciel qui rougeoie,
Sort cette ombre, la paix, et ce rayon, la joie.
Et maintenant, tandis qu'à travers les ravins,
Une petite fille avec des yeux divins
Et de lestes pieds nus dignes de Praxitèle
Chasse à coups de sarment sa chèvre devant elle,
Voici ce qui remue en l'âme du banni :

— Hélas! tout n'est pas dit et tout n'est pas fini
Parce qu'on a creusé dans la rue une fosse,
Parce qu'un chef désigne un mur où l'on adosse
De pauvres gens devant les feux de pelotons,
Parce qu'on exécute au hasard, à tâtons,
Sans choix, sous la mitraille et sous la fusillade,
Pères, mères, le fou, le brigand, le malade,
Et qu'on fait consumer en hâte par la chaux
Des corps d'hommes sanglants et d'enfants encor chauds!

XV

Toujours le même fait se répète ; il le faut.
Le trône abject s'adosse à l'illustre échafaud ;
L'aigle semble inutile et ridicule aux grues ;
On traîne Coligny par les pieds dans les rues ;
Dante est fou ; Rome met à la porte Caton ;
Et Rohan bat Voltaire à grands coups de bâton.
Soyez celui qui lutte, aime, console, pense,
Pardonne, et qui pour tous souffre, et pour récompense
Ayez la haine, l'onde amère, le reflux,
L'ombre, et ne demandez aux hommes rien de plus.
Toutes ces choses-là sont les vérités vraies
Depuis que la lumière indigne les orfraies,
Depuis Socrate, Eschyle, Épictète et Zénon,
Depuis qu'au Oui des cieux la terre répond Non,
Depuis que Sparte en deuil fait rire les Sodomes,

Depuis, — voilà bientôt deux mille ans, — que les hommes
Ont vu, sur un gibet et sur un piédestal,
Deux couronnes paraître au même instant fatal ;
Chacune représente un côté de notre âme ;
L'une est de laurier d'or, l'autre d'épine infâme ;
Elles sont sur deux fronts dont rien ne les ôta.
L'une brille à Caprée et l'autre au Golgotha.

XVI

*

Je ne veux condamner personne, ô sombre histoire.
Le vainqueur est toujours traîné par sa victoire
Au delà de son but et de sa volonté;
Guerre civile! ô deuil! le vainqueur emporté
Perd pied dans son triomphe et sombre en cette eau noire
Qu'on appelle succès n'osant l'appeler gloire.
C'est pourquoi tous, martyrs et bourreaux, je les plains.
Hélas! malheur à ceux qui font des orphelins!
Malheur! malheur! malheur à ceux qui font des veuves
Malheur quand le carnage affreux rougit les fleuves,
Et quand, souillant leur lit d'un flot torrentiel,
Le sang de l'homme coule où coule l'eau du ciel!
Devant un homme mort un double effroi me navre.
J'ai pitié du tueur autant que du cadavre.
Le mort tient le vivant dans sa rigide main.
Le meurtrier prendra n'importe quel chemin,
Il peut chasser ce mort, et le chasser encore,
L'enfouir dans la nuit, le noyer dans l'aurore,
Le jeter à la mer, le perdre, et, plein d'ennui,
Mettre une épaisseur d'ombre entre son crime et lui

Toujours il reverra ce spectre insubmersible.

★

De l'arc tendu là-haut nous sommes tous la cible ;
Sa flèche tour à tour nous vise ; le vainqueur
L'a dans l'esprit avant de l'avoir dans le cœur ;
Il craint l'événement dont il est le ministre ;
Il sent dans le lointain sourdre une heure sinistre ;
Il sent que lui non plus, même en hâtant le pas,
A sa propre victoire il n'échappera pas.
Un jour, à son tour, pris par le piége des choses,
Tremblant du résultat dont il construit les causes,
Il fuira, demandant un asile, un appui,
Un abri. — Non ! diront ses amis d'aujourd'hui,
Non ! Va-t'en ! — C'est pourquoi je tiens ma porte ouverte.

★

Le penseur en songeant fait une découverte :
Personne n'est coupable.

                          Un si noir dénoûment
Laisse au fond de son gouffre entrevoir l'élément.
Le futur siècle gronde et s'enfle en d'âpres cuves
Comme la lave écume aux bouches des vésuves.

Qui donc dans ce chaos travaillait? Je ne sai.

Des foudres ont rugi, des aigles ont passé ;

Tout ce que nous voyons s'est fait entre les serres

Des fléaux inconnus, hideux et nécessaires ;

Ils se sont rués comme une troupe d'oiseaux ;

Le sang profond du cœur, la moelle des os,

Tout l'homme a tressailli dans l'homme, à la venue

Du sombre essaim des faits nouveaux fendant la nue ;

Et dans l'inattendu s'abattant sur nos fronts

Nous avons reconnu le mal dont nous souffrons ;

Alors les appétits des foules redoutables

Se sont mis à mugir au fond de leurs étables,

Et nous avons senti que l'appétit enfin

A tort s'il est l'envie et droit s'il est la faim.

La lumière un moment s'est toute évanouie.

Qu'est-ce que c'était donc que cette heure inouïe ?

Là des chocs furieux, là des venins subtils.

Pourquoi ces vents ont-ils soufflé? d'où viennent-ils?

Pourquoi ces becs de flamme écrasant ces couvées?

Pourquoi ces profondeurs brusquement soulevées?

On a fait des forfaits dont on est innocent.

Les révolutions parfois versent le sang,

Et, quand leur volonté de vaincre se déchaîne,

Leur formidable amour ressemble à de la haine.

Maintenons, maintenons les principes sacrés ;

Mais quand par l'aquilon les cœurs sont égarés,

Quand ils soufflent sur nous comme sur de la cendre,

Au fond du noir problème il faut savoir descendre ;

L'homme subit, le gouffre agit ; les ouragans
Sont les seuls scélérats et sont les seuls brigands.
Envoyez la tempête et la trombe à Cayenne !
Non, notre âme n'est pas tout à coup une hyène,
Non, nous ne sommes pas brusquement des bandits ;
Non, je n'accuse point l'homme faible, et je dis
Que la fureur du vent fatal qui nous emmène
Peut t'arracher ton ancre, ô conscience humaine !
L'homme qu'hier la mer sauvage secouait,
Répond-il de ce flot dont il fut le jouet ?
Peut-il être à la fois le vautour et la proie ?
Bien qu'ayant confiance en ce qui nous foudroie,
Bien que pour l'inconnu je me sente clément,
Je le dis, l'accusé pour moi, c'est l'élément,
L'élément, dur moteur que rien ne déconcerte.

★

Mais faut-il donc trembler devant l'avenir ? Certe,
Il faut songer. Trembler, non pas. Sachez ceci :
Ce rideau du destin par l'énigme épaissi,
Cet océan difforme où flotte l'âme humaine,
La vaste obscurité de tout le phénomène,
Ce monde en mal d'enfant ébauchant le chaos,
Ces idéals ayant des profils de fléaux,
Ces émeutes manquant toujours la délivrance,
Toute cette épouvante, oui, c'est de l'espérance.

Le matin glacial consterne l'horizon ;
Parfois le jour commence avec un tel frisson
Que le soleil levant semble une attaque obscure.
La branche offre la fleur au prix de la piqûre.
Par un sentier d'angoisse aux bleus sommets j'irai.
La vie ouvrant de force un ventre déchiré,
A pour commencement une auguste souffrance.

L'onde de l'inconnu n'a qu'une transparence
Livide, où la clarté ne vient que par degrés ;
Ce qu'elle montre flotte en plis démesurés.
La dilatation de la forme et du nombre
Étonne, et c'est hideux d'apercevoir dans l'ombre
Aujourd'hui ce qui doit n'être vu que demain.
Demain semble infernal tant il est surhumain.
Ce qui n'est pas encor germe en d'obscurs repaires ;
Demain qui charmera les fils, fait peur aux pères,
L'azur est sous la nuit dont nous nous effrayons,
Et cet œuf ténébreux est rempli de rayons.
Cette larve lugubre aura plus tard des ailes.
Spectre visible au fond des ombres éternelles,
Demain dans Aujourd'hui semble un embryon noir,
Rampant en attendant qu'il plane, étrange à voir,
Informe, aveugle, affreux ; plus tard l'aube le change.
L'avenir est un monstre avant d'être un archange.

XVII

Il y avait dans les esprits une véritable exagération de la valeur, des
facultés, de l'importance de la garde
nationale... Mon Dieu, vous avez vu
le képi de M. Victor Hugo qui sym-
bolisait cette situation !

(Le général Trochu à l'Assemblée
nationale, — 14 juin 1871.)

Participe passé du verbe Tropchoir, homme
De toutes les vertus sans nombre dont la somme
Est zéro, soldat brave, honnête, pieux, nul,
Bon canon, mais ayant un peu trop de recul,
Preux et chrétien, tenant cette double promesse,
Capable de servir ton pays et la messe,
Vois, je te rends justice ; eh bien, que me veux-tu ?
Tu fais sur moi, d'un style obtus, quoique pointu,
Un retour offensif qu'eût mérité la Prusse.
Dans ce siége allemand et dans cet hiver russe,
Je n'étais, j'en conviens, qu'un vieillard désarmé,
Heureux d'être en Paris avec tous enfermé,
Profitant quelquefois d'une nuit de mitraille
Et d'ombre, pour monter sur la grande muraille,
Pouvant dire Présent, mais non pas Combattant,
Bon à rien ; je n'ai pas capitulé pourtant.

Tes lauriers dans ta main se changent en orties.
Quoi donc, c'est contre moi que tu fais des sorties !
Nous t'en trouvions avare en ce siége mauvais.
Eh bien, nous avions tort; tu me les réservais.
Toi qui n'as point franchi la Marne et sa presqu'île,
Tu m'attaques. Pourquoi ? je te laissais tranquille.
D'où vient que ma coiffure en drap bleu te déplaît?
Qu'est-ce que mon képi fait à ton chapelet ?

Quoi ! tu n'es pas content ! cinq longs mois nous subîmes
Le froid, la faim, l'approche obscure des abîmes,
Sans te gêner, unis, confiants, frémissants !
Si tu te crois un grand général, j'y consens ;
Mais quand il faut courir au gouffre, aller au large,
Pousser toute une armée au feu, sonner la charge,
J'aime mieux un petit tambour comme Barra.
Songe à Garibaldi qui vint de Caprera,
Songe à Kléber au Caire, à Manin dans Venise,
Et calme-toi. Paris formidable agonise
Parce que tu manquas, non de cœur, mais de foi.
L'amère histoire un jour dira ceci de toi :
La France, grâce à lui, ne battit que d'une aile.
Dans ces grands jours, pendant l'angoisse solennelle,
Ce fier pays, saignant, blessé, jamais déchu,
Marcha par Gambetta, mais boita par Trochu.

XVIII

LES INNOCENTS

Mais les enfants sont là. Le murmure qui sort
De ces âmes en fleurs est-il compris du sort?
L'enfant va devant lui gaîment; mais la prière,
Quand il rit, parle-t-elle à quelqu'un en arrière?
Le frais chuchotement du doux être enfantin
Attendrit-il l'oreille obscure du destin?
Oh ! que d'ombre ! Tous deux chantent, fragiles têtes
Où flotte la lueur d'on ne sait quelles fêtes,
Et que dore un reflet d'un paradis lointain !
Les enfants ont des cœurs faits comme le matin ;
Ils ont une innocence étonnée et joyeuse ;
Et pas plus que l'oiseau gazouillant sous l'yeuse,
Pas plus que l'astre éclos sur les noirs horizons,
Ils ne sont inquiets de ce que nous faisons,
Ayant pour toute affaire et pour toute aventure
L'épanouissement de la grande nature ;
Ils ne demandent rien à Dieu que son soleil;
Ils sont contents pourvu qu'un beau rayon vermeil
Chauffe les petits doigts de leur main diaphane;
Et que le ciel soit bleu, cela suffit à Jeanne.

JUILLET

I

LES DEUX VOIX

LA VOIX SAGE

Toute la politique est un expédient.
Que fais-tu? Quoi! tu vas, niant, répudiant,
Blâmant toute action en dehors des principes.
Prends garde. En efforts vains et nuls tu te dissipes.
C'est moi qui guide l'homme errant dans la forêt.
J'ai pour nom la Raison, pour prénom l'Intérêt,
Et je suis la Sagesse. Ami, je parle, écoute.
Caton qui m'a bravée a su ce qu'il en coûte.

18

O poëte, chercheur du mieux, tu perds le bien.

Il t'échappe. Tu fais échouer Tout sur Rien.

Laisse donc succomber les choses qui succombent !

Ta pente est de toujours aller vers ceux qui tombent,

Ce qui fait que jamais tu ne seras vainqueur.

N'a pas assez d'esprit qui montre trop de cœur.

La vérité trop vraie est presque le mensonge.

En cherchant l'idéal, on rencontre le songe,

Si l'on plonge au delà de l'exacte épaisseur;

Et l'on devient rêveur pour être trop penseur.

Le sage ne veut pas être injuste, mais, ferme,

Craint d'être aussi trop juste, et cherche un moyen terme;

Premier écueil, le faux; deuxième écueil, le vrai.

Le droit brut, pris en bloc, n'est que le minerai;

La loi, c'est l'or. Du droit il faut savoir l'extraire.

Quelquefois on a l'air de faire le contraire

De ce qu'on devrait faire, et c'est là le grand art.

Tu n'arrives jamais, et moi j'arrive tard;

Mieux vaut arriver tard que pas du tout. En somme,

Tu fais de l'homme un dieu, de dieu je fais un homme;

Voilà la différence entre nous. Réfléchis.

Tu braves le chaos, moi je crains le gâchis.

Es-tu sûr de finir par tirer de ton gouffre

Autre chose qu'un être imbécile qui souffre?

Crois-tu refaire à neuf l'homme et tripler ses sens?

Prends-moi donc tels qu'ils sont les vivants, ces passants

Foin du déclamateur qui s'essouffle et qui beugle!

Trop de lumière autant que trop de nuit, aveugle.

On n'ouvre qu'à demi le volet, s'il le faut.

On n'aime pas la guerre et l'on hait l'échafaud

En théorie; eh bien, on s'en sert en pratique.

Mon cher, il faut au temple adosser la boutique;

Je sais qu'on a chassé les vendeurs du saint lieu,

Mais le tort de Jésus est d'être un peu trop dieu.

Il me faudrait de fiers garants pour que je crusse

Qu'il eût payé les cinq milliards à la Prusse.

Le sage se modère en tout. Calme en mon coin,

Je blâme l'infini, mon cher, qui va trop loin;

Sur la création, beaucoup trop large sphère,

Les bons esprits ont bien des critiques à faire;

L'excès est le défaut de ce monde, entre nous;

Le soleil est superbe et le printemps est doux,

L'un a trop de rayons et l'autre a trop de roses;

C'est l'inconvénient de ces sortes de choses,

Et Dieu n'est pas exempt d'exagération.

L'imiter, c'est tomber dans la perfection,

Grand danger; tout va mieux sur un patron moins ample;

Et Dieu ne donne pas toujours le bon exemple.

A quoi sert d'être à pic? Jésus passe le but

En n'examinant point l'offre de Belzébuth;

Je ne dis pas qu'il dût accepter; mais c'est bête

Que Dieu soit impoli quand le diable est honnête.

Il eût mieux valu dire : On verra, mon ami.

Le sage ne fait pas le fier. Une fourmi

Travaille plus avec sa routine ordinaire

Et son bon sens, qu'avec son vacarme un tonnerre.

L'homme est l'homme ; il n'est pas méchant, il n'est pas bon,
Blanc comme neige, point ; noir comme le charbon,
Non. Blanc et noir, mêlé, tigré, douteux, sceptique.
Tout homme médiocre est homme politique.
Cherchons, non la grandeur, mais la proportion.
Agir comme Aristide et comme Phocion,
Être héroïque, épique et beau, mauvaise affaire.
Le sage au Parthénon en ruine préfère
La hutte confortable et chaude du castor.
Je fréquente Rothschild et fuis Adamastor.
Le titan d'aujourd'hui c'est le millionnaire.
L'homme d'État ne veut rien d'excessif, vénère
Le vote universel, mais travaille au scrutin ;
Il supprime l'esclave et garde le pantin ;
Il conserve le fil tout en brisant la chaîne.
Les hommes sont petits, leur conscience est naine ;
L'homme d'État leur prend mesure avant d'oser ;
Il s'ôte une vertu qui peut les dépasser ;
Il les étonne, mais sans foudre et sans vertiges ;
A leur dimension il leur fait des prodiges.
Ami, le médiocre est un très-bon endroit,
Ni beau, ni laid, ni haut, ni bas, ni chaud, ni froid ;
Moi, la raison, j'y fais mon lit, j'y mets ma table,
Et j'y vis, le sublime étant inhabitable.
Qui donc prend pour logis la cime du Mont-Blanc ?
Le sage est médiocre et souple, ou fait semblant.
Vois, tu t'es fait jeter des pierres à Bruxelles.
Les journaux à sonnette agitent leurs crécelles ;

La gazette des fonds secrets de l'empereur
Dit des choses sur toi qu'on lit avec horreur,
Que tu comptes les mots d'un télégramme, et même
Qu'on boit de mauvais vin chez toi, qu'on fait carême
A ta table, et que B. n'ira plus dîner là ;
Et cætera. Tu t'es attiré tout cela.
Monsieur Veuillot t'appelle avec esprit citrouille ;
A compter tes forfaits la mémoire s'embrouille :
Ivrognerie et vol, képi sans numéro,
Avarice. Tu vis sous clameur de haro.
C'est ta faute. Pourquoi n'es-tu pas raisonnable?
Renonce à tenir tête au mal. Sois convenable.
Tenir tête au mal, certe, est bon; mais être seul
Est mauvais. Tu n'es pas barbon, vieillard, aïeul,
Pour avancer alors que ton siècle recule ;
Combattre en cheveux blancs et seul, est ridicule;
Un vaillant qui devient prudent grandit encor ;
Nestor jeune est Ajax, Ajax vieux est Nestor;
Sois de ton âge; enseigne aux peuples la sagesse.
La Vérité trop nue est une sauvagesse ;
Rudoyer le succès est l'acte d'un butor ;
Tout vainqueur a raison, tout ce qui brille est or ;
Aquilon est le dieu, Girouette est le culte.
Bonaparte est tombé, c'est pourquoi je l'insulte.
Est-ce ma faute, à moi, si le sort se dément?
Je ne sors pas de là ; réussissez. Comment !
Aujourd'hui, l'on est tous, d'une façon oblique,
D'accord ; c'est à cela que sert la République ;

On sauve, en supprimant quiconque est ennem.
A grands coups de canon, et de compte à demi,
L'ordre et la monarchie encor presque inédite;
Tu refuses d'entrer dans cette commandite!
C'est absurde. On s'indigne, on a raison. D'ailleurs
Jeunes, vieux, grands, petits, les pires, les meilleurs,
Ont tous la même loi, se rendre à l'évidence.
Toujours un peu de droit dans le fait se condense;
Le mal contient un peu de bien, qu'il faut chercher.
Si Torquemada règne, on se chauffe au bûcher.
La politique est l'art de faire avec la fange,
Le fiel, l'abaissement qu'en modestie on change,
La bassesse des grands, l'insolence des nains,
Les fautes, les erreurs, les crimes, les venins,
Le oui, le non, le blanc, le noir, Genève et Rome,
Un breuvage que puisse avaler l'honnête homme.
Les principes n'ont pas grand'chose à faire là.
Ils rayonnent; c'est bien; Morus les contempla;
Saluons-les; tout astre a droit à ce péage;
Et couvrons-les parfois de quelque bon nuage.
Ils sont là-haut, pourquoi s'en servir ici-bas?
Laissons-les dans leur sphère; et nous, pour nos débats
Où se dépense en vain tant de force avortée,
Prenons une clarté mieux à notre portée :
L'expédient. Turgot a tort; vive Terray !
Je cherche le réel, toi tu cherches le vrai.
On vit par le réel, par le vrai l'on se brise;
Le réel craint le vrai. Reconnais ta méprise.

Le devoir c'est l'emploi des faits. Tu l'as mal lu.
Au lieu du relatif, tu choisis l'absolu.
Un homme qui, voulant y voir clair pour descendre
Dans la cave, ou fouiller dans quelque tas de cendre,
Ou pour trouver, la nuit, dans les bois, son chemin,
Enfoncerait au fond du ciel sombre sa main,
Et prendrait une étoile en guise de chandelle,
C'est toi.

LA VOIX HAUTE

N'écoute pas. Reste une âme fidèle.
Un cœur, pas plus qu'un ciel, ne peut être obscurci.
Je suis la conscience, une vierge ; et ceci
C'est la raison d'État, une fille publique.
Elle embrouille le vrai par le faux qu'elle explique.
Elle est la sœur bâtarde et louche du bon sens.
J'admets que la clarté basse ait des partisans ;
Qu'on la trouve excellente et qu'elle soit utile
Pour éviter un choc, parer un projectile,
Marcher à peu près droit dans les carrefours noirs,
Et pour s'orienter dans les petits devoirs ;
Les publicains en font leur lampe en leurs échoppes ;
Elle a pour elle, et c'est tout simple, les myopes,
Les habiles, les fins, les prudents, les discrets,
Ceux qui ne peuvent voir les choses que de près,
Ceux qui d'une araignée examinent les toiles ;

Mais il faut bien quelqu'un qui soit pour les étoiles !
Il faut quelqu'un qui soit pour la fraternité,
La clémence, l'honneur, le droit, la liberté,
Et pour la vérité, resplendissement sombre !
Les constellations sont sublimes dans l'ombre,
Elles reluisent, fleurs de l'éternel été ;
Mais elles ont besoin, dans leur sérénité,
Que l'univers guidé leur rende témoignage,
Et que, renouvelé sur terre d'âge en âge,
Un homme, rassurant ses frères condamnés,
Crie à travers la nuit : Astres, vous rayonnez !
Car rien ne serait plus effrayant que le crime,
La vertu, le rayon, l'ombre, égaux dans l'abîme :
Rien n'accuserait Dieu plus que de la clarté
Perdue, éparse au fond des cieux sans volonté ;
Et rien ne prouverait là-haut plus de démence
Que l'inutilité de la lumière immense.
C'est pourquoi la justice est bonne, et l'astre est bon.
Dans vingt pays affreux, Soudan, Darfour, Gabon,
L'homme fut pris, lié, traîné, vendu de force,
Jusqu'au lever d'un astre appelé Wilberforce.
Être juste, au hasard, dût-on être martyr,
Et laisser hors de soi la justice sortir,
C'est le rayonnement véritable de l'homme.
En quelque lieu qu'un acte inique se consomme,
Quel que soit le moment où le mal se construit,
Il faut qu'une voix parle, il faut que dans la nuit
On voie une lueur tout à coup apparaître.

Au ciel ce dieu, le Vrai, sur la terre ce prêtre,
Le Juste. Ce sont là les deux besoins. Il faut
Contredire le vent et résister au flot.
L'équité monte et plane et n'a pas d'autre règle.
Qui donc prend pour logis le haut du mont Blanc? l'aigle.

II

FLUX ET REFLUX

★

Il tombe. Est-ce fini? Non, cela recommence.
On se passe de peuple à peuple la démence;
Ce que la France fit, le Teuton le refait.
Sur l'enclume où Forbach naguère triomphait,
L'Allemagne, ouvrier géant dont l'esprit flotte,
Forge un tyran avec les tronçons d'un despote.
Est-ce donc qu'on ne peut sortir de l'empereur?
César traître est chassé par César en fureur;
Je tiens peu, si l'un vient, à ce que l'autre parte,
Si l'on gagne Guillaume en perdant Bonaparte,
Et si, prenant son vol à l'heure où l'autre fuit,
L'oiseau de proie arrive après l'oiseau de nuit.
Deuil! honte! Est-ce fini? Non, cela recommence.
La tempête reprend avec plus d'inclémence;
Et les événements deviennent monstrueux.
Lequel des deux serpents est le plus tortueux?
Lequel des deux dragons fait la plus fauve entrée?
Et lequel est Thyeste? et lequel est Atrée?
L'invasion s'en va, le fratricide suit.

La victoire devant la conscience fuit
Et se cache, de peur que le ciel ne la voie.
L'énigme qu'il faudrait sonder, on la foudroie ;
Mais que voulez-vous donc, sages pareils aux fous,
Que l'avenir devienne et qu'il fasse de vous
Si vous ne lui montrez que haine, et si vous n'êtes
Bons qu'à le recevoir à coups de baïonnettes ?
L'utopie est livrée au juge martial.
La faim, la pauvreté, l'obscur loup social
Mordant avec le pain la main qui le présente,
L'ignorance féroce, idiote, innocente,
Les misérables noirs, sinistrement moqueurs,
Et la nuit des esprits d'où naît la nuit des cœurs,
Tout est là devant nous, douleurs, familles blêmes ;
Et nous avons recours, contre tous ces problèmes,
Au sombre apaisement que sait faire la mort.
Mais ces hommes qu'on tue ont tué ; c'est le sort
Qui leur rend coup pour coup, et, sanglants, les supprime...
Est-ce qu'on remédie au crime par le crime ?
Est-ce que l'assassin doit être assassiné ?
Vers l'auguste Idéal, d'aurore illuminé,
Vers le bonheur, la vie en fleurs, l'éden candide,
Nous voulons qu'on nous mène, et nous prenons pour guide
Méduse, glaive au poing, l'œil en feu, le sein nu !
Hélas, le cimetière est un puits inconnu ;
Ce qu'on y jette tombe en des cavités sombres ;
Ce sont des ossements qu'on ajoute aux décombres ;
Morne ensemencement d'où la mort renaîtra.

Des questions où nul encor ne pénétra
Pressent de tous côtés notre lugubre sphère ;
Et je ne pense pas qu'on se tire d'affaire
Par l'élargissement tragique du tombeau.

★

Le pauvre a le haillon, le riche a le lambeau,
Rien d'entier pour personne ; et sur tous l'ombre infâme.
L'amour dans aucun cœur, l'azur dans aucune âme ;
Hélas ! partout frisson, colère, enfer, cachot ;
Mais c'est si ténébreux que cela vient d'en haut.
L'esprit, sous ce nuage où tout semble se taire,
Sent l'incubation énorme d'un mystère.
Le fatal travail noir blanchira par degré.
Ce que nous rencontrons, c'est l'obstacle ignoré.
Les récifs montrent l'un après l'autre leurs têtes,
Car les événements ont leur cap des Tempêtes.
Derrière est la clarté. Ces flux et ces reflux,
Ces recommencements, ces combats, sont voulus.
Au-dessus de la haine immense, quelqu'un aime.
Ayons foi. Ce n'est pas sans quelque but suprême
Que sans cesse, en ce gouffre où rêvent les sondeurs
Un prodigieux vent soufflant des profondeurs,
A travers l'âpre nuit, pousse, emporte et ramène
Sur tout l'écueil divin toute la mer humaine.

III

L'AVENIR

Polynice, Étéocle, Abel, Caïn ! ô frères !
Vieille querelle humaine ! échafauds ! lois agraires !
Batailles ! ô drapeaux, ô linceuls ! noirs lambeaux !
Ouverture hâtive et sombre des tombeaux !
Dieu puissant ! quand la mort sera-t-elle tuée ?
O sainte paix !

       La guerre est la prostituée ;
Elle est la concubine infâme du hasard.
Attila sans génie et Tamerlan sans art
Sont ses amants ; elle a pour eux des préférences ;
Elle traîne au charnier toutes nos espérances,
Égorge nos printemps, foule aux pieds nos souhaits,
Et comme elle est la haine, ô ciel bleu, je la hais !
J'espère en toi, marcheur qui viens dans les ténèbres,
Avenir !

       Nos travaux sont d'étranges algèbres ;

Le labyrinthe vague et triste où nous rôdons
Est plein d'effrois subits, de piéges, d'abandons ;
Mais toujours dans la main le fil obscur nous reste.
Malgré le noir duel d'Atrée et de Thyeste,
Malgré Léviathan combattant Béhémoth,
J'aime et je crois. L'énigme enfin dira son mot.
L'ombre n'est pas sur l'homme à jamais acharnée.
Non ! non ! l'humanité n'a point pour destinée
D'être assise immobile au seuil froid des tombeaux,
Comme Jérôme, morne et blême, dans Ombos,
Ou comme dans Argos la douloureuse Électre.

Un jour, moi qui ne crains l'approche d'aucun spectre,
J'allai voir le lion de Waterloo. Je vins
Jusqu'à la sombre plaine à travers les ravins ;
C'était l'heure où le jour chasse le crépuscule ;
J'arrivai ; je marchai droit au noir monticule.
Indigné, j'y montai ; car la gloire du sang,
Du glaive et de la mort, me laisse frémissant.
Le lion se dressait sur la plaine muette ;
Je regardais d'en bas sa haute silhouette ;
Son immobilité défiait l'infini ;
On sentait que ce fauve, au fond des cieux banni,
Relégué dans l'azur, fier de sa solitude,
Portait un souvenir affreux sans lassitude ;
Farouche, il était là, ce témoin de l'affront.
Je montais, et son ombre augmentait sur mon front.
Et tout en gravissant vers l'âpre plate-forme,

Je disais : Il attend que la terre s'endorme ;
Mais il est implacable ; et, la nuit, par moment
Ce bronze doit jeter un sourd rugissement ;
Et les hommes, fuyant ce champ visionnaire,
Doutent si c'est le monstre ou si c'est le tonnerre.
J'arrivai jusqu'à lui, pas à pas m'approchant...

J'attendais une foudre et j'entendis un chant.

Une humble voix sortait de cette bouche énorme.
Dans cette espèce d'antre effroyable et difforme
Un rouge-gorge était venu faire son nid ;
Le doux passant ailé que le printemps bénit,
Sans peur de la mâchoire affreusement levée,
Entre ces dents d'airain avait mis sa couvée ;
Et l'oiseau gazouillait dans le lion pensif.
Le mont tragique était debout comme un récif
Dans la plaine jadis de tant de sang vermeille ;
Et comme je songeais, pâle et prêtant l'oreille,
Je sentis un esprit profond me visiter,
Et, peuples, je compris que j'entendais chanter
L'espoir dans ce qui fut le désespoir naguère,
Et la paix dans la gueule horrible de la guerre.

IV

LES CRUCIFIÉS

La foule tient pour vrai ce qu'invente la haine.
Sur tout grand homme un ver, le mensonge, se traîne.
Tout front ceint de rayons est d'épines mordu ;
A la lèvre d'un dieu le fiel atroce est dû ;
Tout astre a pour manteau les ténèbres infâmes.
Écoutez. Phidias était marchand de femmes ;
Socrate avait un vice auquel son nom resta ;
Horace ami des boucs faisait frémir Vesta ;
Caton jetait un nègre esclave à la lamproie ;
Michel-Ange, amoureux de l'or, homme de proie,
Vivait sous le bâton des papes, lui Romain,
Et leur tendait le dos en leur tendant la main ;
Dans l'œil de Dante errant la cupidité brille ;
Molière était un peu le mari de sa fille ;
Voltaire était avare et Diderot vénal ;

Devant le genre humain, orageux tribunal,
Pas un homme qu'on n'ait puni de son génie ;
Pas un qu'on n'ait cloué sur une calomnie ;
Pas un, des temps anciens comme de maintenant,
Qui, sur le Golgotha de la gloire saignant,
Une auréole au front, ne pende à la croix vile;
Et les uns ont Caïphe et les autres Zoïle.

V

FALKENFELS

Falkenfels, qu'on distingue au loin dans la bruine,
Est le burg démoli d'un vieux comte en ruine.
Je voulus voir le burg et l'homme. Je montai
La montagne, à travers le bois, un jour d'été.
On rencontre à mi-côte, en un ravin tombée,
Une vieille chapelle où court le scarabée;
Nul curé n'y venant prier, elle croula;
Car tous sont appauvris dans ce dur pays-là,
Hélas, c'est en haillons qu'on danse à la kermesse,
Et personne n'a plus de quoi payer la messe.
Or, pas d'argent, voilà ce que le prêtre craint;
Une niche indigente effarouche le saint,
Il déserte; au moment d'entrer, le dieu renâcle
Sur le seuil dédoré du pauvre tabernacle;
C'est pourquoi la chapelle est morte. Je laissai

Ce cadavre d'église au fond du noir fossé,
Et je continuai ma route vers la cime.
J'arrivai. Je parvins au burg fauve et sublime.
Même en plein jour, une ombre effrayante est dessus.
Sur la brèche qui sert de porte, j'aperçus,
Au pied des larges tours qu'un haut blason surmonte,
Un grand vieux paysan pensif, c'était le comte.

Cet homme était assis; au bruit que fit mon pas,
Grave, il tourna la tête et ne se leva pas.
Il avait près de lui son fils, un enfant rose.
Saluer un vaincu, c'est déjà quelque chose,
Je saluai ce comte aboli. Je lui dis :
— Vous voilà pauvre, vous qui fûtes grand jadis.
Comte, je viens à vous d'une façon civile.
Donnez-moi votre fils pour qu'il vienne à la ville.
Redevenir sauvage est bon pour le vieillard
Et mauvais pour l'enfant; l'aube craint le brouillard;
La rose meurt dans l'ombre où se plaît la chouette.
Certe, avoir sur le front l'altière silhouette
De ces tours qu'aujourd'hui garde la ronce en fleur,
C'est beau; mais habiter dans son siècle est meilleur.
Votre fils s'éteindrait dans ces brumes, vous dis-je.
Le monstre est dans nos temps à côté du prodige;
Mais le prodige est sûr de vaincre. Donnez-nous,
O sombre aïeul, l'enfant charmant, farouche et doux,
Pour qu'il aille à Paris comme on allait à Rome,
Pour que, ne pouvant plus être comte, il soit homme,

Et pour qu'à son beau nom il ajoute un beau sort.
Il faut laisser entrer les autres quand on sort ;
L'aigle laisse envoler l'aiglon ; et que l'arbuste
Ne soit pas étouffé par le chêne, c'est juste.

Le sinistre vieillard sourit superbement,
Et me dit : — La ruine aime l'isolement.
Si je fus grand jadis, il me sied de m'en taire.
Les gens sont curieux de voir un homme à terre.
Vous m'avez vu, c'est bien. Pas de mots superflus.
Je ne connais personne et je n'existe plus.
Allez-vous-en.

      — Mais quoi ! dis-je, cette jeune aile
N'est pas faite, ô vieillard, pour la nuit éternelle.
L'enfant sans avenir laisse au père un remord.

Il répondit : — J'entends dire, moi qui suis mort,
De vous autres vivants, des choses misérables ;
Que chez vous le triomphe est aux inexorables,
Que les hommes en sont encore au talion,
Qu'ils trouvent le renard plus grand que le lion,
Que leur vérité louche et que leur raison boite,
Et qu'on fusille à gauche et qu'on mitraille à droite,
Et qu'au milieu du sang, de l'horreur et des cris,
C'est un forfait d'offrir un asile aux proscrits.
Est-ce vrai ? je le crains. Est-ce faux ? je l'espère.
Mais laissez-moi, je suis honnête en mon repaire.

Mon fils boira la même eau pure que je bois.

Vous m'offrez la cité, je préfère les bois;

Car je trouve, voyant les hommes que vous êtes,

Plus de cœur aux rochers, moins de bêtise aux bêtes.

VI

LES INSULTEURS

Pourvu que son branchage, au-dessus du marais,
Verdisse, et soit le dôme énorme des forêts,
Qu'importe au chêne l'eau hideuse où ses pieds trempent!
Les insectes affreux de la poussière rampent
Sous le bloc immobile aux broussailles mêlé;
Mais au géant de marbre, auguste et mutilé,
Au sphinx de granit, rose et sinistre, qu'importe
Ce que de lui, sous lui, peut penser le cloporte!
Dans la nuit où frémit le palmier convulsif,
Le colosse, les mains sur ses genoux, pensif,
Calme, attend le moment de parler à l'aurore;
Si la limace bave à sa base, il l'ignore;
Ce dieu n'a jamais su qu'un crapaud remuait;
Pendant qu'un ver sur lui glisse, il garde, muet,
Son mystère effrayant de sonorité sombre;
Et le fourmillement des millepieds sans nombre
N'ôte pas à Memnon, subitement vermeil,
La formidable voix qui répond au soleil.

VII

LE PROCÈS A LA RÉVOLUTION

Lorsque vous traduisez, juges, à votre barre
La Révolution, qui fut dure et barbare
Et féroce à ce point de chasser les hiboux ;
Qui, sans respect, fakirs, derviches, marabouts,
Molesta tous les gens d'Église, et mit en fuite,
Rien qu'en les regardant, le prêtre et le jésuite,
La colère vous prend.

                    Oui, c'est vrai, désormais
L'homme-roi, l'homme-dieu, fantômes des sommets,
S'effacent, revenants guerriers, goules papales ;
Un vent mystérieux souffle sur ces fronts pâles ;
Et vous, le tribunal, vous êtes indignés.
Quel deuil ! les noirs buissons de larmes sont baignés
Les fêtes de la nuit vorace sont finies ;
Le monde ténébreux râle ; que d'agonies !
Il fait jour, c'est affreux ! et la chauve-souris
Est aveugle, et la fouine erre en poussant des cris ;

Le ver perd sa splendeur ; hélas, le renard pleure ;
Les bêtes qui le soir allaient chasser à l'heure
Où le petit oiseau s'endort sont aux abois ;
La désolation des loups remplit les bois ;
Les spectres opprimés ne savent plus que faire ;
Si cela continue, et si cette lumière
Persiste à consterner l'orfraie et le corbeau,
Le vampire mourra de faim dans le tombeau ;
Le rayon sans pitié prend l'ombre et la dévore... —

O juges, vous jugez les crimes de l'aurore.

VIII

A HENRI V

J'étais adolescent quand vous étiez enfant;
J'ai sur votre berceau fragile et triomphant
Chanté mon chant d'aurore; et le vent de l'abîme
Depuis nous a jetés chacun sur une cime,
Car le malheur, lieu sombre où le sort nous admet,
Étant battu de coups de foudre, est un sommet.
Le gouffre est entre nous comme entre les deux pôles.
Vous avez le manteau de roi sur les épaules
Et dans la main le sceptre, éblouissant jadis;
Moi j'ai des cheveux blancs au front, et je vous dis :
C'est bien. L'homme est viril et fort qui se décide
A changer sa fin triste en un fier suicide;

Qui sait tout abdiquer, hormis son vieil honneur;
Qui cherche l'ombre ainsi qu'Hamlet dans Elseneur,
Et qui, se sentant grand surtout comme fantôme,
Ne vend pas son drapeau même au prix d'un royaume.
Le lis ne peut cesser d'être blanc. Il est bon,
Certes, de demeurer Capet, étant Bourbon;
Vous avez raison d'être honnête homme. L'histoire
Est une région de chute et de victoire
Où plus d'un vient ramper, où plus d'un vient sombrer.
Mieux vaut en bien sortir, prince, qu'y mal entrer.

IX

LES PAMPHLÉTAIRES D'ÉGLISE

Ils nous apportent Dieu dans une diatribe.
Ils sont le prêtre, ils sont le reître, ils sont le scribe
Regardez écumer leur prose de bedeau.
Chacun d'eux mêle un cri d'orfraie à son credo,
Souligne avec l'estoc sa prière, et ponctue
Ses oremus avec une balle qui tue.
Voyez, leur chair est faible et leur esprit est prompt.
Ils jettent au hasard et devant eux l'affront
Comme le goupillon jette de l'eau bénite.
La faulx sombre à leur gré ne va pas assez vite;
On les entend crier au bourreau : Fainéant!
La mort leur semble avoir besoin d'un suppléant.
Ne pourrait-on trouver quelqu'un qui ressuscite
Besme et fasse sortir Laffemas du Cocyte?
Où donc est Trestalllon, instrumentum regni?
Où sont les bons chrétiens qui hachaient Coligny?
Puisque décidément quatre-vingt-neuf abuse,
Rendez-nous le roi Charle avec son arquebuse,

Et Montrevel, le fauve et rude compagnon.
Où sont les portefaix utiles d'Avignon
Qui traînaient Brune mort le long du quai du Rhône?
Où sont ces grands bouchers de l'autel et du trône
Dont le front au soleil des Cévennes suait,
Que conduisait Bâville et qu'aimait Bossuet?
Certe, on fait ce qu'on peut avec les mitrailleuses,
Mais le bourgeois incline aux douceurs périlleuses,
Il en arrive presque à blâmer Galifet,
Le sang finit par faire aux crétins de l'effet,
Et l'attendrissement a gagné ce bipède.
Quel besoin on aurait d'un président d'Oppède!
Comme un Laubardemont serait le bienvenu!
L'arc-en-ciel de la paix, c'est un grand sabre nu.
Sans le glaive, après tout le meilleur somnifère,
Nulle société ne se tire d'affaire,
Et c'est un dogme auquel on doit s'habituer
Que, lorsqu'on sauve, il faut commencer par tuer.

Donc on est écrivain comme on est trabucaire!
On se fait lieutenant de l'empereur, vicaire
Du pape, et le fondé de pouvoirs de la mort!
On est celui qui ment, déchire, aboie et mord!
Ils viennent, louches, vils, dévots, frapper à terre
Rochefort, l'archer fier, le puissant sagittaire
Dont la flèche est au flanc de l'empire abattu.
Tu déterres Floùrens, chacal! qu'en feras-tu?
Ils outragent les pleurs, les veuvages, les tombes,

Blanchissent les corbeaux, noircissent les colombes,
Lapident un berceau que protége un linceul,
Blessent Dieu dans le peuple et l'enfant dans l'aïeul,
Les pères dans les fils, les hommes dans les femmes,
Et pensent qu'ils sont forts parce qu'ils sont infâmes!

*

Nous les voyons s'ébattre au-dessus de Paris
Comme un troupeau d'oiseaux jetant au vent des cris,
Ou comme ce bon vieux télégraphe de Chappe
Faisant un geste obscur dont le sens nous échappe;
Mais nous apercevons distinctement leur but.
L'opprobre que la France et que l'Europe but,
Ils veulent, meurtriers, nous le faire reboire.
Rome infaillible emploie à cela son ciboire.
Le sanglant droit divin, l'effrayant bon plaisir,
Le vice pour sultan, le crime pour visir,
Eux ayant le festin, le pauvre ayant les miettes,
L'espoir mort, la rentrée affreuse aux oubliettes,
Voilà leur rêve. Il faut pour vaincre jeter bas
Ce Christ, le peuple, et mettre au pavois Barabbas,
Il faut faire de tous et de tout table rase,
Il faut, si quelque front se dresse, qu'on l'écrase,
Il faut que le premier devienne le dernier,
Il faut jeter Voltaire et Jean-Jacque au panier!

Si Caton souffle un mot, qu'à la barre on le cite,
Et qu'on traîne devant monsieur Gaveau, Tacite !
Il s'agit du passé qu'on veut galvaniser ;
Il faut tant diffamer, insulter, dénoncer,
Mentir, calomnier, baver, hurler et mordre,
Que le bon goût renaisse à côté du bon ordre !

★

Et quel rire ! ô ciel noir ! railler la France en deuil !
Ils lui font de la honte avec son vieil orgueil.
Ils l'accusent d'avoir mis en liberté l'homme,
D'avoir fait Sparte avec les débris de Sodome,
D'avoir au front du peuple essuyé la sueur,
D'être le grand orage et la grande lueur,
D'être sur l'horizon la haute silhouette,
De s'être réveillée au cri de l'alouette
Et d'avoir réparti la tâche aux travailleurs ;
De dire à qui voit Dieu dans Rome : Il est ailleurs ;
De confronter le dogme avec la conscience ;
D'avoir on ne sait quelle auguste impatience ;
D'épier la blancheur que sur nos horizons
Doivent faire en s'ouvrant les portes des prisons ;
De nous avoir crié : Marchez ! quand nous agîmes
Contre tous les vieux jougs et tous les vieux régimes,
Et de tenir là-haut la balance, et d'avoir
Dans un plateau le droit, dans l'autre le devoir.

Ils lui reprochent, quoi! la fin des servitudes,
La chute du mur noir troué par les Latudes,
Le fanal allumé dans l'ombre où nous passions,
Le lever successif des constellations,
Tous ces astres parus au ciel l'un après l'autre,
Molière, ce moqueur pensif comme un apôtre,
Pascal et Diderot, Danton et Mirabeau;
Ses fautes sont le Vrai, le Bien, le Grand, le Beau;
Son crime, c'est cette œuvre étoilée et profonde,
La Révolution, par qui renaît le monde,
Cette création deuxième qui refait
L'homme après Christ, après Cécrops, après Japhet.
Là-dessus ces gredins font le procès en règle
A la patrie, à l'ange immense aux ailes d'aigle;
Elle est vaincue, elle est sanglante; on crie : A bas
Sa gloire! à bas ses vœux, ses travaux, ses combats!
La coupable de tous les désastres, c'est elle!
Et ces pieds ténébreux marchent sur l'immortelle;
Elle est perverse, absurde et folle! et chacun d'eux
Sur ce malheur sacré crache un rire hideux.
Or sachez-le, vous tous, toi vil bouffon, toi cuistre,
Mal parler de sa mère est un effort sinistre,
C'est un crime essayé qui fait frémir le ciel,
O monstres, c'est payer son lait avec du fiel,
C'est gangrener sa plaie, envenimer ses fièvres,
Et c'est le parricide, enfin, du bout des lèvres!

Mais quand donc ceux qui font le mal seront-ils las?

Une minute peut blesser un siècle, hélas!
Je plains ces hommes d'être attendus par l'histoire.

Comme elle frémira la grande muse noire,
Et comme elle sera stupéfaite de voir
Qu'on cloue au pilori ceux qui font leur devoir,
Que le peuple est toujours pâture, proie et cible,
Que la tuerie en masse est encore possible,
Et qu'en ce siècle, après Locke et Voltaire, ont pu
Reparaître, dans l'air tout à coup corrompu,
Les Fréron, les Sanchez, les Montluc, les Tavannes,
Plus nombreux que les fleurs dans l'herbe des savanes.

Peuple, tu resteras géant malgré ces nains.
France, un jour sur le Rhin et sur les Apennins,
Ayant sous le sourcil l'éclair de Prométhée,
Tu te redresseras, grande ressuscitée!
Tu surgiras; ton front jettera les frayeurs,
L'épouvante et l'aurore à tes noirs fossoyeurs;
Tu crieras : Liberté! Paix! Clémence! Espérance!
Eschyle dans Athène et Dante dans Florence
S'accouderont au bord du tombeau, réveillés,
Et, te regardant, fiers, joyeux, les yeux mouillés,
Croiront voir l'un la Grèce et l'autre l'Italie.
Tu diras : Me voici! j'apaise et je délie!
Tous les hommes sont l'Homme! un seul peuple! un seul Dieu!
Ah! par toute la terre, ô patrie, en tout lieu,
Des mains se dresseront vers toi; nulle couleuvre,

Nulle hydre, nul démon ne peut empêcher l'œuvre;
Nous n'avons pas encor fini d'être Français;
Le monde attend la suite et veut d'autres essais;
Nous entendrons encor des ruptures de chaînes,
Et nous verrons encor frissonner les grands chênes!

X

O Charles, je te sens près de moi. Doux martyr,
    Sous terre où l'homme tombe,
Je te cherche, et je vois l'aube pâle sortir
    Des fentes de ta tombe.

Les morts, dans le berceau, si voisin du cercueil,
    Charmants, se représentent;
Et pendant qu'à genoux je pleure, sur mon seuil
    Deux petits enfants chantent.

Georges, Jeanne, chantez! Georges, Jeanne, ignorez!
    Reflétez votre père,
Assombris par son ombre indistincte, et dorés
    Par sa vague lumière.

Hélas! que saurait-on si l'on ne savait point
    Que la mort est vivante!
Un paradis, où l'ange à l'étoile se joint,
    Rit dans cette épouvante,

Ce paradis sur terre apparaît dans l'enfant.
     Orphelins, Dieu vous reste.
Dieu, contre le nuage où je souffre, défend
     Votre lueur céleste.

Soyez joyeux pendant que je suis accablé.
     A chacun son partage.
J'ai vécu presque un siècle, enfants ; l'homme est troublé
     Par de l'ombre à cet âge.

Est-on sûr d'avoir fait, ne fût-ce qu'à demi,
     Le bien qu'on pouvait faire ?
A-t-on dompté la haine, et de son ennemi
     A-t-on été le frère ?

Même celui qui fit de son mieux a mal fait.
     Le remords suit nos fêtes.
Je sais que, si mon cœur quelquefois triomphait,
     Ce fut dans mes défaites.

En me voyant vaincu je me sentais grandi.
     La douleur nous rassure.
Car à faire saigner je ne suis pas hardi ;
     J'aime mieux ma blessure.

Et, loi triste ! grandir, c'est voir grandir ses maux.
     Mon faîte est une cible,

Plus j'ai de branches, plus j'ai de vastes rameaux,
        Plus j'ai d'ombre terrible.

De là mon deuil tandis que vous êtes charmants.
        Vous êtes l'ouverture
De l'âme en fleur mêlée aux éblouissements
        De l'immense nature.

George est l'arbuste éclos dans mon lugubre champ;
        Jeanne dans sa corolle
Cache un esprit tremblant à nos bruits et tâchant
        De prendre la parole.

Laissez en vous, enfants qu'attendent les malheurs,
        Humbles plantes vermeilles,
Bégayer vos instincts, murmure dans les fleurs,
        Bourdonnement d'abeilles.

Un jour vous apprendrez que tout s'éclipse, hélas!
        Et que la foudre gronde
Dès qu'on veut soulager le peuple, immense Atlas,
        Sombre porteur du monde.

Vous saurez que, le sort étant sous le hasard,
        L'homme, ignorant auguste,
Doit vivre de façon qu'à son rêve plus tard
        La vérité s'ajuste.

Moi-même un jour, après la mort, je connaîtrai
   Mon destin que j'ignore,
Et je me pencherai sur vous, tout pénétré
   De mystère et d'aurore.

Je saurai le secret de l'exil, du linceul
   Jeté sur votre enfance,
Et pourquoi la justice et la douceur d'un seul
   Semble à tous une offense.

Je comprendrai pourquoi, tandis que vous chantiez,
   Dans mes branches funèbres,
Moi qui pour tous les maux veux toutes les pitiés,
   J'avais tant de ténèbres.

Je saurai pourquoi l'ombre implacable est sur moi,
   Pourquoi tant d'hécatombes,
Pourquoi l'hiver sans fin m'enveloppe, pourquoi
   Je m'accrois sur des tombes;

Pourquoi tant de combats, de larmes, de regrets,
   Et tant de tristes choses;
Et pourquoi Dieu voulut que je fusse un cyprès
   Quand vous étiez des roses.

XI

I

De tout ceci, du gouffre obscur, du fatal sort,
Des haines, des fureurs, des tombes, ce qui sort,
C'est de la clarté, peuple, et de la certitude.
Progrès ! Fraternité ! Foi ! que la solitude
L'affirme, et que la foule y consente à grands cris ;
Que le hameau joyeux le dise au grand Paris,
Et que le Louvre ému le dise à la chaumière !
La dernière heure est claire autant que la première
Fut sombre ; et l'on entend distinctement au fond
Du ciel noir la rumeur que les naissances font.
On distingue en cette ombre un bruissement d'ailes.

Et moi, dans ces feuillets farouches et fidèles,
Dans ces pages de deuil, de bataille et d'effroi,
Si la clameur d'angoisse éclata malgré moi,
Si j'ai laissé tomber le mot de la souffrance,
Une négation quelconque d'espérance,
J'efface ce sanglot obscur qui se perdit ;

Ce mot, je le rature et je ne l'ai pas dit.

Moi, le navigateur serein qui ne redoute
Aucun choc dans les flots profonds, j'aurais un doute!
J'admettrais qu'une main hideuse pût tenir
Le verrou du passé fermé sur l'avenir !
Quoi ! le crime prendrait au collet la justice,
L'ombre étoufferait l'astre allant vers le solstice,
Les rois à coups de fouet chasseraient devant eux
La conscience aveugle et le progrès boiteux ;
L'esprit humain, le droit, l'honneur, Jésus, Voltaire,
La vertu, la raison, n'auraient plus qu'à se taire,
La vérité mettrait sur ses lèvres son doigt,
Ce siècle s'en irait sans payer ce qu'il doit,
Le monde pencherait comme un vaisseau qui sombre,
On verrait lentement se consommer dans l'ombre,
A jamais, on ne sait sous quelles épaisseurs,
L'évanouissement sinistre des penseurs !
Non, et tu resteras, ô France, la première !
Et comment pourrait-on égorger la lumière ?
Le soleil ne pourrait, rongé par un vautour,
S'il répandait son sang, répandre que du jour ;
Quoi ! blesser le soleil ! tout l'enfer, s'il l'essaie,
Fera sortir des flots d'aurore de sa plaie.
Ainsi, France, du coup de lance à ton côté
Les rois tremblants verront jaillir la liberté.

II

Est-ce un écroulement? non. C'est une genèse.

Que t'importe, ô Paris, ville de la fournaise,
Puits de flamme, un brouillard qui passe, et dans ton flanc
Sur ton gonflement sombre un vent de plus soufflant?
Que t'importe un combat de plus dans l'âpre joute?
Que t'importe un soufflet de forge qui s'ajoute
A tous les aquilons tourmentant ton brasier?
O fier volcan, qui donc peut te rassasier
D'explosions, de bruits, d'orage, de tonnerre,
De secousses faisant trembler toute la terre,
De métaux à mêler, d'âmes à mettre au feu!
Est-ce que tu t'éteins sous l'haleine de Dieu?
Non. Ton feu se rallume et ta houle profonde
Bouillonne, ô fusion formidable d'un monde.
Paris, comme à la mer Dieu seul te dit : Assez.
Ta rude fonction, vous deux la connaissez.
Souvent l'homme, penché sur ton foyer sonore,
Prend pour reflet d'enfer une rougeur d'aurore.
Tu sais ce que tu dois construire ou transformer.
Qui t'irrite ne peut que te faire écumer.
Toute pierre jetée au gouffre où tu ruisselles
T'arrache un crachement énorme d'étincelles.

Les rois viennent frapper sur toi. Comme le fer
Battu des marteaux jette aux cyclopes l'éclair.
Tu réponds à leurs coups en les couvrant d'étoiles.

O destin! déchirure admirable des toiles
Que tisse l'araignée et des piéges que tend
La noirceur sépulcrale au matin éclatant!
Ah! le piége est abject, la toile est misérable,
Et rien n'arrêtera l'avenir vénérable.

III

Ville, ton sort est beau! ta passion te met,
Ville, au milieu du genre humain, sur un sommet.
Personne ne pourra t'approcher sans entendre
Sortir de ton supplice auguste une voix tendre,
Car tu souffres pour tous et tu saignes pour tous.
Les peuples devant toi feront cercle à genoux.
Le nimbe de l'Etna ne craignait pas Éole,
Et nul vent n'éteindra ta farouche auréole;
Car ta lumière illustre et terrible, brûlant
Tout ce qui n'est pas vie, honneur, travail, talent,
Devoir, droit, guérison, baume, parfum, dictame,
Est pour l'avenir pourpre et pour le passé flamme;
Car dans ta clarté, triste et pure, braise et fleur,
L'immense amour se mêle à l'immense douleur.
Grâce à toi, l'homme croît, le progrès naît viable.

O ville, que ton sort tragique est enviable!
Ah! ta mort laisserait l'univers orphelin.
Un astre est dans ta plaie; et Carthage ou Berlin
Achèterait au prix de toutes ses rapines
Et de tous ses bonheurs tà couronne d'épines.
Jamais enclume autant que toi n'étincela.
Ville, tu fonderas l'Europe. Ah! d'ici là
Que de tourments! Paris, ce que ta gloire attire,
La dette qu'on te vient payer, c'est le martyre.
Accepte. Va, c'est grand. Sois le peuple héros.
Laisse après les tyrans arriver les bourreaux,
Après le mal subis le pire, et reste calme.
Ton épée en ta main devient lentement palme.
Fais ce qu'ont fait les Grecs, les Romains, les Hébreux.
Emplis de ta splendeur le moule ténébreux.
Les peuples t'auront vue, ô cité magnanime,
Après avoir été la lueur de l'abîme,
Après avoir lutté comme c'est le devoir,
Après avoir été cratère, après avoir
Fait bouillonner, forum, cirque, creuset, vésuve,
Toute la liberté du monde dans ta cuve,
Après avoir chassé la Prusse, affreux géant,
Te dressant tout à coup hors du gouffre béant,
En bronze, déité d'éternité vêtue,
Flamboyer lave, et puis te refroidir statue!

IV

Les hommes du passé se figurent qu'ils sont.
Ils s'imaginent vivre, et le travail qu'ils font,
Le glissement visqueux de leurs replis sans nombre,
Leur allée et venue à plat ventre dans l'ombre,
N'est qu'un fourmillement de vers de terre heureux.
Le couvercle muet du sépulcre est sur eux.
Mais, Paris, rien de toi n'est mort, ville sacrée.
Ton agonie enfante et ta défaite crée.
Rien ne t'est refusé ; ce que tu veux sera.
Le jour où tu naquis, l'impossible expira.
Je l'affirme et l'affirme, et ma voix sans relâche
Le redit au parjure, au fourbe, au traître, au lâche,
Grande blessée, ô reine, ô déesse, tu vis.
Ceux qui de tes douleurs devraient être assouvis
T'insultent ; mais tu vis, Paris ! dans ton artère,
D'où le sang de tout l'homme et de toute la terre
Coule sans s'arrêter, hélas, mais sans finir,
On sent battre le pouls profond de l'avenir.
On sent dans ton sein, mère en travail, ville émue,
Ce fœtus, l'univers inconnu, qui remue.
Qu'importe les rieurs sinistres ! Tout est bien.
Sans doute c'est lugubre ; on cherche, on ne voit rien,
Il fait nuit, l'horizon semble être une clôture.

On craint pour toi, cité de l'Europe future.
Quelle ruine, hélas! quel aspect de cercueil!
Et quelle ressemblance avec l'éternel deuil!
Le plus ferme frissonne; on pleure, on tremble, on doute;
Mais si, penché sur toi, du dehors on écoute,
En cette ombre murée où ne luit nul flambeau,
En cette obscurité de gouffre et de tombeau,
On entend vaguement le chant d'une âme immense.
C'est quelque chose d'âpre et de grand qui commence.
C'est le siècle nouveau qui de la brume sort.

Tous nos pas ici-bas sont nocturnes, d'accord.
Hommes du passé, certe, il est vrai que la vie,
Malgré notre labeur et malgré notre envie,
Est terrestre et ne peut être divine avant
Que l'homme aille au grand ciel trouver le grand vivant.
La mort sera toujours la haute délivrance.
Le ciel a le bonheur, la terre a l'espérance,
Rien de plus; mais l'espoir croissant, mais les regrets
S'effaçant, mais notre œil s'ouvrant, c'est le progrès.
Tel atome est un astre; il luit. Nous voyons poindre
Le bien-être plus grand dans la misère moindre;
Et vous, vous savourez la morne obscurité.
Vous aimez la noirceur jusqu'à la cécité;
Et votre rêve affreux serait d'aveugler l'âme.
Le suaire est pour nous piqué de trous de flamme;
Qu'importe le zénith sombre si nous voyons
Des constellations se lever, des rayons

Resplendir, des soleils faire un échange auguste,
Là le vrai, là le beau, là le grand, là le juste,
Partout la vie avec mille auréoles d'or !
Vous, vous contemplez l'ombre, et l'ombre, et l'ombre encor
Soit. C'est bien. Vous voyez, pris sous de triples voiles,
Les ténèbres, et nous, nous voyons les étoiles.
Nous cherchons ce qui sert. Vous cherchez ce qui nuit.
Chacun a sa façon de regarder la nuit.

XII

*

Terre et cieux ! si le mal régnait, si tout n'était
Qu'un dur labeur, suivi d'un infâme protêt,
Si le passé devait revenir, si l'eau noire,
Vomie, était rendue à l'homme pour la boire,
Si la nuit pouvait faire un affront à l'azur,
Si rien n'était fidèle et si rien n'était sûr,
Dieu devrait se cacher de honte, la nature
Ne serait qu'une lâche et lugubre imposture,
Les constellations resplendiraient en vain !
Que l'empyrée abrite un scélérat divin,
Que derrière le voile étoilé de l'abîme
Il se cache quelqu'un qui prémédite un crime,
Que l'homme donnant tout, ses jours, ses pleurs, son sang,
Soit l'auguste jouet d'un lâche Tout-Puissant,
Que l'avenir soit fait de méchanceté noire,
C'est ce que pour ma part je refuse de croire.
Non, ce ne serait pas la peine que les vents
Remuassent le flot orageux des vivants,

Que le matin sortît des mers, semant des pluies
De diamants aux fleurs vaguement éblouies,
Et que l'oiseau chantât, et que le monde fût,
Si le destin n'était qu'un chasseur à l'affût,
Si tout l'effort de l'homme enfantait la chimère,
Si l'ombre était sa fille et la cendre sa mère,
S'il ramait nuit et jour, voulant, saignant, créant,
Pour une épouvantable arrivée au néant !
Non, je ne consens pas à cette banqueroute.
Zéro somme de tout ! Rien au bout de la route !
Non, l'Infini n'est point capable de cela.
Quoi, pour berceau Charybde et pour tombeau Scylla !
Non, Paris, grand lutteur, France, grande vedette,
En faisant ton devoir, tu fais à Dieu sa dette.
Debout ! combats !

      Je sais que Dieu semble incertain
Vu par la claire-voie affreuse du destin.
Ce Dieu, je le redis, a souvent dans les âges
Subi le hochement de tête des vieux sages ;
Je sais que l'Inconnu ne répond à l'appel
Ni du calcul morose et lourd, ni du scalpel ;
Soit. Mais j'ai foi. La foi, c'est la lumière haute.
Ma conscience en moi, c'est Dieu que j'ai pour hôte.
Je puis, par un faux cercle, avec un faux compas,
Le mettre hors du ciel ; mais hors de moi, non pas.
Il est mon gouvernail dans l'écume où je vogue.
Si j'écoute mon cœur, j'entends un dialogue.

Nous sommes deux au fond de mon esprit, lui, moi.
Il est mon seul espoir et mon unique effroi.
Si par hasard je rêve une faute que j'aime,
Un profond grondement s'élève dans moi-même ;
Je dis : Qui donc est là ? l'on me parle ? pourquoi ?
Et mon âme en tremblant me dit : C'est Dieu. Tais-toi.

★

Quoi ! nier le progrès terrestre auquel adhère
Le vaste mouvement du monde solidaire ?
Non, non ! s'il arrivait que ce Dieu me trompât,
Et qu'il mît l'espérance en moi comme un appât
Pour m'attirer au piége, et me prendre, humble atome
Entre le présent, songe, et l'avenir, fantôme ;
S'il n'avait d'autre but qu'une dérision ;
Moi l'œil sincère et lui la fausse vision,
S'il me leurrait de quelque exécrable mirage ;
S'il offrait la boussole et donnait le naufrage ;
Si par ma conscience il faussait ma raison ;
Moi qui ne suis qu'un peu d'ombre sur l'horizon,
Moi, néant, je serais son accusateur sombre ;
Je prendrais à témoin les firmaments sans nombre,
J'aurais tout l'infini contre ce Dieu, je croi
Que les gouffres prendraient fait et cause pour moi ;
Contre ce malfaiteur j'attesterais les astres ;

Je lui rejetterais nos maux et nos désastres ;
J'aurais tout l'Océan pour m'en laver les mains ;
Il ferait mes erreurs, ayant fait mes chemins ;
Je serais l'innocent, il serait le coupable.
Cet être inaccessible, invisible, impalpable,
J'irais, je le verrais, et je le saisirais
Dans les cieux, comme on prend un loup dans les forêts,
Et terrible, indigné, calme, extraordinaire,
Je le dénoncerais à son propre tonnerre !

Oh ! si le mal devait demeurer seul debout,
Si le mensonge immense était le fond de tout,
Tout se révolterait ! Oh ! ce n'est plus un temple
Qu'aurait sous les yeux l'homme en ce ciel qu'il contemple ;
Dans la création pleine d'un vil secret,
Ce n'est plus un pilier de gloire qu'on verrait ;
Ce serait un poteau de bagne et de misère.
A ce poteau serait adossé le faussaire,
A qui tout jetterait l'opprobre, et que d'en bas
Insulteraient nos deuils, nos haillons, nos grabats,
Notre faim, notre soif, nos vices et nos crimes ;
Vers lui se tourneraient nos bourreaux ses victimes,
Et la guerre et la haine, et les yeux du savoir
Crevés, et le moignon sanglant du désespoir ;
Des champs, des bois, des monts, des fleurs empoisonnées,
Du chaos furieux et fou des destinées,
De tout ce qui paraît, disparaît, reparaît,
Une accusation lugubre sortirait ;

Le réel suinterait par d'affreuses fêlures ;
Les comètes viendraient tordre leurs chevelures ;
L'air dirait : Il me livre aux souffles pluvieux !
Le ver dirait à l'astre : Il est ton envieux,
Et, pour t'humilier, il nous fait tous deux luire !
L'écueil dirait : C'est lui qui m'ordonne de nuire !
La mer dirait : Mon fiel, c'est lui. J'en fais l'aveu !
Et l'univers serait le pilori de Dieu !

★

Ah ! la réalité, c'est un paiement sublime.
Je suis le créancier tranquille de l'abîme ;
Mon œil ouvert d'avance attend les grands réveils.
Non, je ne doute pas du gouffre des soleils !
Moi croire vide l'ombre où je vois l'astre éclore !
Quoi, le grand azur noir, quoi, le puits de l'aurore
Serait sans loyauté, promettrait sans tenir !
Non, d'où sort le matin sortira l'avenir.
La nature s'engage envers la destinée ;
L'aube est une parole éternelle donnée.
Les ténèbres là-haut éclipsent les rayons ;
C'est dans la nuit qu'errants et pensifs, nous croyons ;
Le ciel est trouble, obscur, mystérieux ; qu'importe !
Rien de juste ne frappe en vain à cette porte.
La plainte est un vain cri, le mal est un mot creux ;

J'ai rempli mon devoir, c'est bien, je souffre heureux.

Car toute la justice est en moi, grain de sable.

Quand on fait ce qu'on peut on rend Dieu responsable ;

Et je vais devant moi, sachant que rien ne ment,

Sûr de l'honnêteté du profond firmament !

Et je crie : Espérez ! à quiconque aime et pense ;

Et j'affirme que l'Être inconnu qui dépense

Sans compter, les splendeurs, les fleurs, les univers,

Et, comme s'il vidait des sacs toujours ouverts,

Les astres, les saisons, les vents, et qui prodigue

Aux monts perçant la nue, aux mers rongeant la digue ;

Sans relâche, l'azur, l'éclair, le jour, le ciel ;

Que celui qui répand un flot torrentiel

De lumière, de vie et d'amour dans l'espace ;

J'affirme que celui qui ne meurt ni ne passe,

Qui fit le monde, un livre où le prêtre a mal lu,

Qui donne la beauté pour forme à l'absolu,

Réel malgré le doute et vrai malgré la fable,

L'éternel, l'infini, Dieu, n'est pas insolvable !

ÉPILOGUE

DANS L'OMBRE

LE VIEUX MONDE

O flot, c'est bien. Descends maintenant. Il le faut.
Jamais ton flux encor n'était monté si haut.
Mais pourquoi donc es-tu si sombre et si farouche?
Pourquoi ton gouffre a-t-il un cri comme une bouche?
Pourquoi cette pluie âpre, et cette ombre, et ces bruits,
Et ce vent noir soufflant dans le clairon des nuits?
Ta vague monte avec la rumeur d'un prodige!
C'est ici ta limite. Arrête-toi, te dis-je.
Les vieilles lois, les vieux obstacles, les vieux freins,
Ignorance, misère et néant, souterrains
Où meurt le fol espoir, bagnes profonds de l'âme,

L'ancienne autorité de l'homme sur la femme,
Le grand banquet, muré pour les déshérités,
Les superstitions et les fatalités,
N'y touche pas, va-t'en ; ce sont les choses saintes.
Redescends, et tais-toi ! j'ai construit ces enceintes
Autour du genre humain et j'ai bâti ces tours.
Mais tu rugis toujours ! mais tu montes toujours !
Tout s'en va pêle-mêle à ton choc frénétique.
Voici le vieux missel, voici le code antique.
L'échafaud dans un pli de ta vague a passé.
Ne touche pas au roi ! ciel ! il est renversé.
Et ces hommes sacrés ! je les vois disparaître.
Arrête ! c'est le juge. Arrête ! c'est le prêtre.
Dieu t'a dit : Ne va pas plus loin, ô flot amer !
Mais quoi ! tu m'engloutis ! au secours, Dieu ! la mer
Désobéit ! la mer envahit mon refuge !

LE FLOT

Tu me crois la marée et je suis le déluge.

TABLE

PROLOGUE.

AOUT (1870).

SEPTEMBRE.

OCTOBRE.

NOVEMBRE.

DÉCEMBRE.

JANVIER (1871).

FÉVRIER.

MARS.

AVRIL.

MAI.

JUIN.

JUILLET.

ÉPILOGUE.

PARIS. — J. CLAYE, IMPRIMEUR, 7, RUE SAINT-BENOIT. — [835]

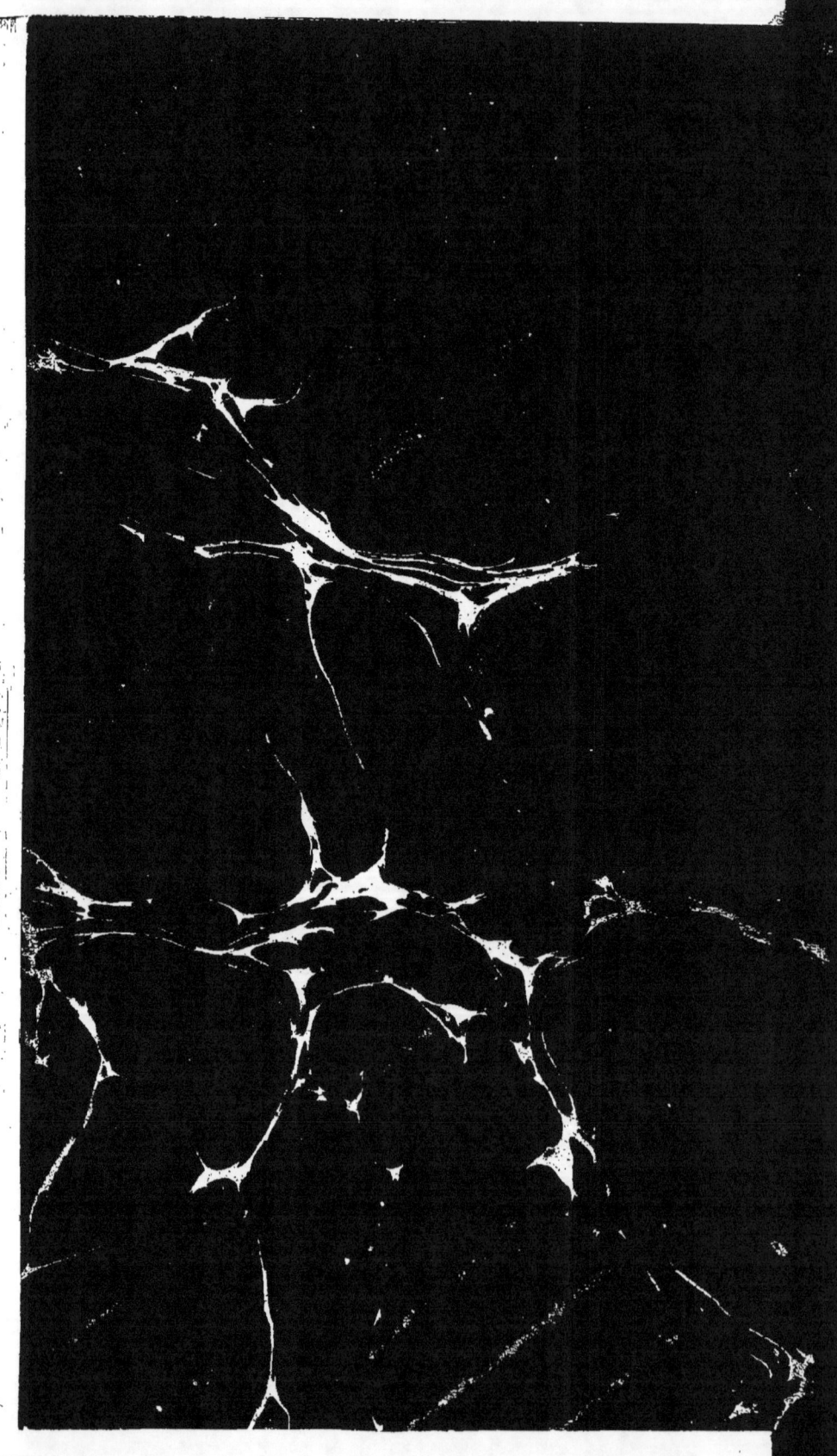

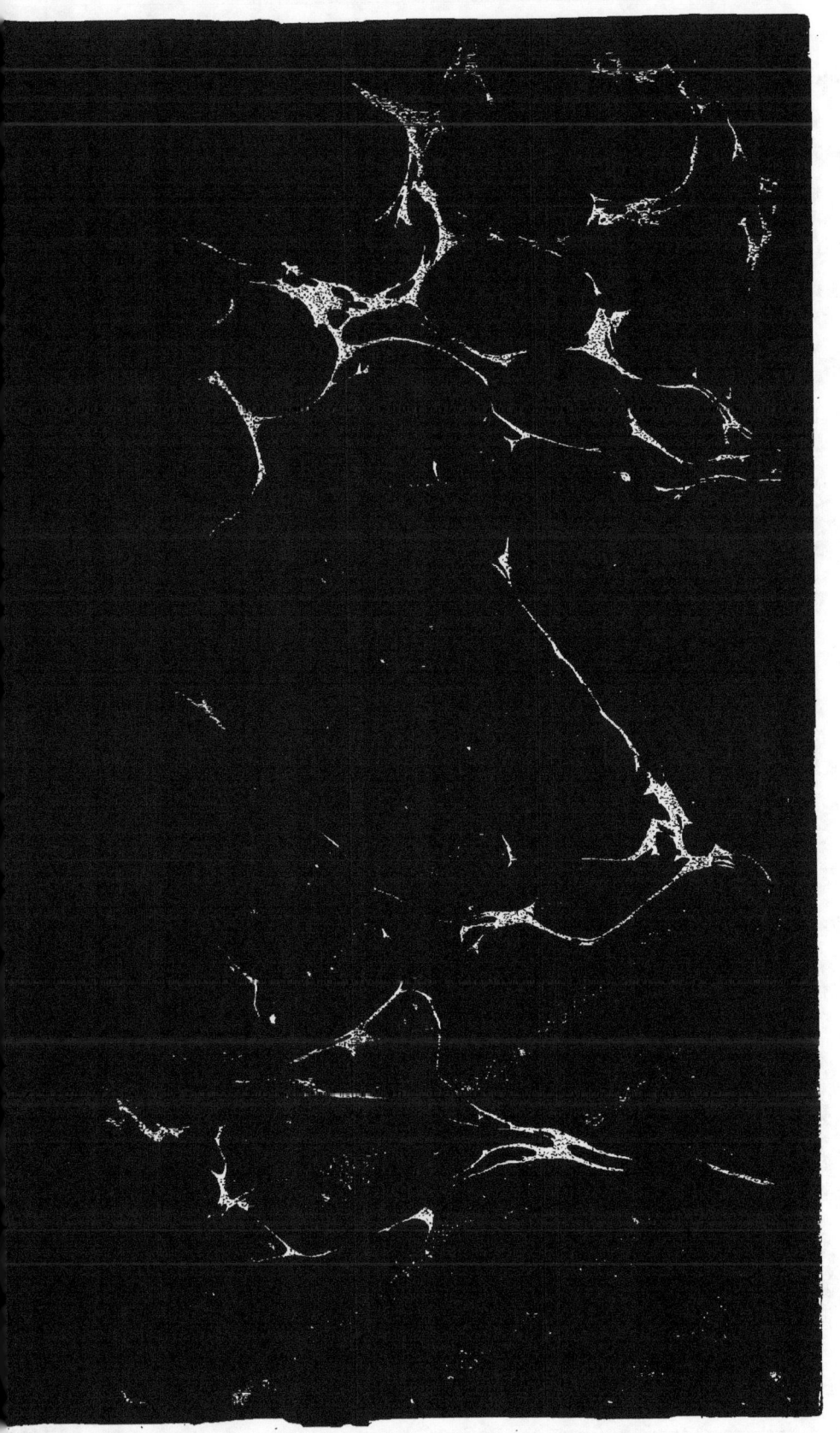